台湾男子簡阿淘

葉石涛 著
西田勝 訳

法政大学出版局

台湾男子簡阿淘◉目次

1993年2月14日
高雄で

著者紹介

葉石涛（イエ・シータオ。一九二五年一一月一日―二〇〇八年一二月一一日）作家・評論家。日本統治下の台南市の小地主の家に生まれた。早熟で公学校高学年から近代日本文学に親しみ、同時にフランス文学やロシア文学にも興味を持った。自身も小説が書きたくなって中央の雑誌に投稿を試み、一九四三年三月、若くして『林からの手紙』で文壇にデビューした。敗戦を日本帝国陸軍二等兵として迎えるが、一九五一年秋、台湾共産党との関係を疑われ、三年に及ぶ獄中生活を送る。出獄後、ボイラーマンなどの職種を転々とした末、小学校教員に復職した。一〇数年の空白期を経て著作活動を再開、創作を発表するほか、一九七〇年代における郷土文学論争の主要な論客の一人となった。戒厳令が解除されると、その自由の中で日本統治時代及び白色テロ時代の体験を素材にした小説を書き始め、また先住民を素材にした作品も発表した。本書もその一つ。主要著作としては、それ以外、短篇小説集『葫芦巷春夢《フールーシャンチュンマン》』及び『異族的婚礼《イーツーダフンリー》』、『台湾文学史綱』などがある。生前、『葉石涛全集』全二〇巻が刊行された。また「中華文芸協会文芸論評奨」・「国家文芸奨」など多くの賞を得ている。没後、台南市に「葉石涛文学記念館」が建設された。

台湾男子簡阿淘

序

戦後初期の二二八から荒涼とした白色の五〇年代に至るまで、さらには六〇年代、七〇年代に至るまで無数の台湾民衆は前に行く者が倒れれば、その屍《しかばね》を乗り超えて進み、台湾の光明燦爛たる未来を求めて民主・自由の政治的な環境を確立するために犠牲を払い、先人の流血の跡を踏みしめて勇往邁進して来た。

今日の九〇年代の台湾の民主社会は、これらのすでに歴史の暗黒な墳墓の中に埋葬された、無数の黙々とした大衆が創建したものだ。

八〇年代末になって戒厳令が解除されると、ボツボツと回顧談や訪問記事が現われ、白色テロの真相が曝露され、同時に五〇年代の白色テロを描き出した小説や詩篇も出版された。しかし、これらの文学作品や記録にはすべて片寄りや過ちがあり、五〇年代の抗議分子の思想の傾向や心理の深層にある恐怖と願望、悲哀と歓喜が撚《よ》り合わさった哀傷の真実については、人々に透徹した理解を与えるまでには至っていない。

わが短篇小説集『台湾男子簡阿淘』は、やや整った、この間の経緯の記録になっている。当然、小説は虚構（Fiction）で、事実とは全く異なる。この一一篇の短篇小説は、附録の二つの小説、「船跡なし」と「密告者」を除けば、ヒーローは簡阿淘である。阿淘は日本統治時代に中等教育を受け、戦後に二〇歳ばかりになった若者だ。彼の思想には日本軍国主義教育の濃厚な傷痕が残り、皇民化と戦争の影響が彼の思考や心理を、かなり日本的なものにしている。戦争の終結と、そこから始まった中国化は改めて自身の立脚地を求めさせ、戦後の中国化の過程の中で国民党の極めて封建的な儒学思想と中国共産党の共産主義理論とに接し、最終的には、これら左右両翼の全体主義的思考を捨て、台湾を主体とする自由・民主の思想を確立するに至った。

実を言えば、この簡阿淘の藻掻《もが》き辿っている行程は、まさに私自身が歩んだ道程で、簡阿淘は私自身の投影であると言ってよい。これらの小説の中で簡阿淘が遭遇している事件は、悉《ことごと》く私自身も体験したものだ。簡阿淘は戦後初期、抗議活動に参加した台湾の若い小市民的知識人たちの彷徨、藻掻きながら覚醒して行った過程を代表する者だ。一個の文字工作者として、二二八から白色テロ時代まで直接に台湾人の壮烈な抗議活動に参加することができたのは、まことに幸運だった。

私は今年ですでに七二歳、まさに垂老の身だ！　深夜眠れず、輾転《てんてん》反側する時、常に脳裏に浮かんで来るのは、五〇年前、台湾の輝かしい未来のために非命に倒れた、数知れぬ友人たちの面影だ。本書を彼らに献じ、「国のために軀《み》を損《す》て」た彼らを記念するとともに、冥福を祈りたい。

本書の題名を「台湾男子簡阿淘」とし、短篇小説の順序を見透しよくするため、二二八の「夜襲」

を巻頭に、最後に阿掏の釈放後の生活を伝える「訊問」を置いた。それは、この短篇小説集をして長篇小説の体裁を具えるように変貌させるためだ。以上は林文欽《リンウエンチン》兄の慧眼の賜物で、ここに心からの感謝の意を表したい。

一九九六年八月二一日　左営にて

夜襲

1

葬式は府城《フーチャン》[1]（台南市）の葬儀場では行われず、死者翁徳銘《ウェンターミン》の「禿頭港《ツートウガン》」にある翁家の広い屋敷の中で営まれた。翁家は府城では著名な読書人の家柄で、代々名望のある指導的な人物を出して来たので、嫡孫である翁徳銘の葬式が、このように秘密裡に行われるのは、ほとんどあり得ないことである。翁家は死亡通知は出さず、ごく親しい人々に知らせただけだった。それら内輪の人々も一人として周りには話さず、黙々とやって来て故人を悼んだ。やや警戒心の強い人の中には香典を送って来るだけで、葬式に参加しなかった者もいた。

簡阿淘《チェンアタオ》は、ぜひ参加しなければいけなかったが、逮捕の危険があった。けれども、行かずにはいられなかった。一つには、このような形でなければ死者の英霊を慰める方法がないからだった……二つには死者の遺体を翁家に送り届けたのは、もっぱら彼の画策したことで、消すことのできない負い目があった。つまり五日前の夜襲に参加したのは全部で一六人だったが、慷慨《こうがい》、義に殉じたのは翁徳銘と邱玉晨《チュウイーチェン》の二人で、その他は命からがら四散してしまったからだ。あの夜、彼と葉秀菊《イエシュウチー》の二人は、翁徳銘が流れ弾に当たり、虎崎神社の丘の中腹の砂糖黍畑に倒れていたのを発見したのだが、まだかすかに息があった。流れ弾は翁徳銘の左胸に当たり、鮮血が止めどなく湧き出て、雨水で湿っていた大地を赤く染めていた。葉は救急箱を開いて止血を試みたが、傷口があまりに大きく、血は止まらなかった。二人は手を拱《こまね》くだけで、やがて呆然と翁が最後の一息を呑み込むのを見た。

真っ暗な、荒涼とした砂糖黍畑の中で二人は翁の屍を撫でながら痛哭した。心中の悲痛を洩らすところなく、危うく目の前の危険を忘れるところだった。しばらく経って葉がキッパリと言った。

「悲しんでばかりいる時ではない。遺体を府城の翁さんの家に届けなければならない。被害を受けるのは死者だけではなく、家族や私たちにも災難が及ぶ恐れがあるわ！」

「二人だけでやるんですか？　こんな夜更け、どこに行って運搬するものを捜すんですか？」簡阿淘は茫然自失した。

「私がここで遺体を見ているわ。怖くはない。私は看護婦だから、これまで沢山、死んだ人を見てきてる。あなたは虎崎《フーチー》郷の郷長の林貴男《リンクィナン》のところへ行って、対策を相談して来て」気性の激しい葉秀菊は、簡阿淘が意気地がなさすぎると感じてか、語気を強めて言い、決然として譲らなかった。

「分かった。やってみる」この状況では、これ以外には方法がない。簡は、はい、と答えるほかはなかった。

この時、漆黒の夜空をかすめ、ゾッとするような恐ろしい声を立てながら、どこへとなく飛び去っていく鳥の声がした。鳥でなければいいが。葉秀菊を振り返って見ると、彼女は目を閉じ、砂糖黍の枯れ葉で覆われた地面の上に静かに座り、手を合わせて祈りを捧げているようだった。死者のために冥福を祈っているのかも知れない？　死者を前から知っていたのかどうか、彼には思い当たることがなかった。彼女の様子を見ると、知っていないようだ。話すも恐ろしいが、あの夜襲に参加した一六人中、簡阿淘が知っているのは、隊を統率した邱玉晨と、死んだ翁徳銘と葉秀菊の三人だけだった。邱は小学校の同窓で、死者は中学の同窓、葉は省立の府城病院の看護婦長だった。簡阿淘は以前、ひどい赤痢に罹ったことがあり、その時、面倒を見てくれたのが葉だった。

簡阿淘は闇の中を歩いて、広大な関帝廟の前に出た。その時、近くの民家の壁時計が一二時を打つのが、ハッキリ聞こえた。もう深夜の一二時になっていたのだ。郷長林貴男の住居は、関帝廟裏の路地にあった。風がもの凄く、冷たい雨が降っている夜のせいか、路地はスッカリ寝静まり、寂として声がなく、犬の吠える声もなかった。彼は心の中で途中で誰にも遇わず、また一匹の野犬にさえも遇わなかったのを秘かに喜んだ。

彼は郷長の家の裏門から入ったのだが、意外なことに閂《かんぬき》がかけてなかった。裏には月橘《げっきつ》が一面に植えられ、その鼻を刺す香りが、妖艶な女性の身体から発散する体臭のようだった。

彼は一度、邱玉晨と林家を訪問したことがあった。その時、右側の廂房《シャンファン》（母屋前面横の部屋）で林貴男と会ったので、迷うことなく軒下に盆栽を一杯に並べた、その部屋を探し当てることが出来た。

果たして部屋には明かりがついていた。窓の隙間からうかがうと、嬉しいことに思いがけず白髪まじりの郷長が籐椅子に座って頭を垂れ、思いに沈んでいた。ドアにも鍵がかけてなく、推すと、開いた。

林貴男は少しも驚いた様子がなく、眼光鋭く彼を見た。

「オッ、君は以前に来たことのある、阿礼《アリー》とこの阿洵じゃないか」林は沈み込んだ声で言った。

「失敗しました！」簡阿洵は、限りない悔しさを込めて言った。

「知っておる。話す必要はない」林は簡阿洵に一杯の水を飲ませた……「何を助けてほしいのか、遠慮なく言い給え」

「はい。報告には日を改めて参ります。今、府城まで引っ張っていくリヤカーがほしいんです」

「エッ！　何を運ぼうというんじゃ？　まさか武器では？　手に入れたのか？」一筋の興奮の色が林の顔をかすめた。

「違います！　遺体です」阿洵は慟哭を禁じ得なかった。

「誰のだ？」

「御存知ないと思いますが、翁徳銘という男です」

「オオ、聞いておる。医専の学生で、玉田舎《イーティエンシャ》の息子じゃな？」

意外のことだった。林がそこまで知っているとは……簡阿洵たちの活動と密接な関係を持っているようだ。それが、どのような関係なのか、疑問が生じて来るのを抑えることができなかった……今度の行動を計画したのは邱玉晨で、林ではないが、かつて簡阿淘は邱に連れられて林を訪ねたことがある。その時、邱と林は阿淘をそっちのけに小さい声でヒソヒソ話をしていた。話の内容はわからなかったが。

「一台、使えるリヤカーがある。持って行け。遺体は必ずスッポリ麻袋で包め。リヤカーは自転車で引っ張ったらいい。少しは時間が稼げるじゃろう。漕ぐのが疲れたら、休み休み行けばよい。明るくなるまで、あと六時間ある。府城に戻ってきても、まだ明るくはならないじゃろう」

林貴男は、遺体を運ぶのが阿淘一人なのか、それとも他に仲間がいるのかについては何も問わず、一息に、こう言った。彼も、そのことについては何も言わなかった。

リヤカーをつけた自転車を漕ぐうち、やがて汗が背を流れ、丘の下に着いた時には、もうそれ以上、上に引っ張りあげる力が残っていなかった。

「下に運んで行きませんか?」簡阿淘は葉秀菊に言った。彼女は、さきほど彼が出かけた時の姿勢を保ったままで、少しも動いていなかった……頭を垂れ、両手を胸の上に合わせていた。

「何を借りて来たの?」

「リヤカーと、麻袋を一〇枚余り。それから、あの人がくれた紅亀《ホンクー》(2)(台湾伝統の饅頭)一包み、腹の足しに、と」

「紅亀?」葉は泣くにも泣けず、笑うにも笑えない様子だった。

「とにかく、マァ食べましょう。府城まで引っ張って行く英気を養わなくては」

葉秀菊は死者の頭を抱え、簡阿淘は両足を持ち、喘ぎながら坂を降り、死者をリヤカーの上に載せ、麻袋で分厚く全身を覆った。あたかも麻袋で死者を裹《つつ》んだようだった……「馬革に屍を裹む(3)」忽然、簡阿淘の念頭に、この一句が閃き、荘厳粛然とした感情に襲われた。

この一夜はまさに一場の悪夢だった。しかし、幸いにも彼らは無事に遺体を家族のもとまで送り届けることができた。

翁家の庭は、かなり広かった。日本統治時代中期、一九二〇年代前後に建てられた古い家で、完全に中国式の建築だった。中庭には白木蓮・トオオガタマ・桂など、香りのよい花を咲かせる木々の他に、幾株かの石榴《ざくろ》もあった。その石榴の赤みがかったダイダイ色の花も風に吹かれて揺れていた。

翁家が竹渓寺から呼んだ尼の懸命に唱える誦経《ずきょう》は忽ち高く忽ち低く哀傷の気味を帯び、線香の煙る中、死者の遺影は簡阿淘に向かって微笑んでいた。遺影の中の翁徳銘は岩手医専の霜降りの制服を着て、無邪気に笑っていた。この写真は翁が日本に留学していた時代に撮ったものを拡大したものに違いない。翁は解放の年に日本から帰り、すぐに台湾の学校に編入され、台大医学院予科に進み、二ヵ月余、学んだだけで壮烈なる最期を遂げたのだった。

簡阿淘は頭を下げて手を垂れ、白木蓮の下に佇んで辺りをソッと見回したが、誰も知った人がいなかっただけではなく、あの夜の仲間もいなかった。また特務機関らしい人間の姿も認められなかった。

密葬が終わって、告別式になった。台に上がって悼辞を述べたのは、高齢で徳の秀でたと評判の先生で、黒の中国式の長衣と上着をつけ、ユッタリとした声調で、古めかしい文体で書かれた悼辞を読んだ。老先生は、人の話によれば、府城にもわずかしかいない大物の清の時代の秀才だとのことで、簡阿淘には聞いてもほとんど理解できない悼辞だった。しかし、その高らかで力のある台湾語の優雅な美しさだけは十分に味わうことが出来た。その優雅さにウットリし始めた時、老秀才の悼辞はようやく終わりに近づき、最後はとぎれとぎれの嗚咽《おえつ》となり、この時、突然、簡阿淘の耳に「徳銘坊は国のために軀《み》を損《す》て、身《しん》を殺して仁を成し……」という一句が飛び込んで来た。

「国のために軀を損て……」この言葉は簡阿淘を強く驚かせた。この一句はまさに急所を突いてはいないか？　彼らの思想と行動は一切が国家のためではなかったのか？　ただし、この「国家」は、彼らの心中にあっては外から来た統治者と関係がある「国家」ではない。彼の思考は高ぶり、自分がどこにいるのか、忘れ去った。

しばらくして愕然《がくぜん》、どこにいるのかに気がついた時、誦経は再び高くなり、出席者の参拝が始まった。一人また一人と焼香し拝んだ。彼は最後に死者の遺影を一瞥し、退き下がった。傍に膝をついていた翁の家族は頭を下げ、彼に礼をした。

翁家の庭の通用門を押し開けた時、まだ空は明るくなっておらず、かすか遠くに鶏の鳴く声が聞こえただけだった。

翁家の家族は翁徳銘がその夜、帰って来なかったので、休んでいなかった。うっとうしく、つらい一時を過ごしていた。リヤカーを裏庭に入れ、簡阿淘が、その夜の経過をかい摘《つま》んで老父の玉田舎に伝えると、天地を震わせるような慟哭《どうこく》の声が弾《はじ》け起こった。慰める術もなく、簡阿淘と葉秀菊はただ恥ずかしく首を垂れ、立ちつくしていた。どうして翁徳銘だけが死に、二人は助かったのか？　彼は翁徳銘の家族から無言の叱責を受けているようで、いたたまれぬ思いだった。

2

台南府城からの出発は夜の七時と決めた。春三月の季節、空は最初、晴れ上がっていたが、やがて暗くなり、六時近くには風雨が強く垂れ込め、一寸先も見えなくなった。二月二七日、台北で暴政に対する抗議の運動が起きてからは、夜の台南市街は急にヒッソリとし、出歩く人も少なかった。商店街の灯も以前のようには光り輝いてはいなかった。

簡阿淘は、万福庵《ワンフーアン》の家を出る時、春の天気の変わりやすさを慮《おもんぱか》り、古いジャンパーを余計に一枚着込んでいたので、寒さを感じなかった。「春の日は継母《ままはは》の顔」というではないか？　朝方は晴れ晴れとした好天気で、空もトルコ玉のような濃い藍色だったのに、思いがけず正午を過ぎると、早くもうっとうしい春雨がシトシトと降ってきたのだった。

彼らは六時半に「大正公園」のロータリー横の消防署の前の広場に集合することを申し合わせていた。二二八事件の発生以後、この空き地には台南市民が群れ集まり、時局を討論する場所になっていた。彼らのメンバーは全部で一六人、その内一人が女性で、葉秀菊だった……彼女に参加してもらったのは、彼らに随行する看護婦が必要だったためだ。一昨日、会を開いた時、彼らは邱玉晨を隊長に選んだ。それは、第一には彼が旧日本陸軍の伍長で、戦闘の仕方を知っていたからであり、第二には唯一武器を持っていたからだ……一昨日、彼は運河沿いの造船所の派出所で一丁のブローニング（ピストル）と一〇数個の弾とを手に入れていた。その他、彼は二〇数個のアメリカ式の手榴弾を持っていて、葉秀菊を除き、全員が一個あるいは二個分け持ち、それらをベルトに結わえつけていた。

彼らは、三時間歩いてパイナップルと竹の里の虎崎郷《フーチー》に着く予定だった。虎崎郷の入口の相思樹林のある丘の上は、日本統治時代は神社のあったところで、広東軍の兵舎になっていた。簡阿淘らは虎崎郷の郷長を通じて、ここに駐屯している人数はそれほど多くはなく、おおよそ二〇人だが、武器は意外に多いということを知っていた。何基かの重機関銃のほか、数十の歩兵銃と無数の弾丸があるとのことだった。

彼らには武器が欠乏していた。だから彼らが強く望んでいたのは、この駐屯していた兵隊たちに大義を知らせ、暴力を使わないで、その武器を手に入れることだった。むろん、それは一個の希望的観測に過ぎず、軍隊は武器を使って戦争をするのが仕事で、その生存を託している武器をムザムザと彼らに提供する筈がない。

虎崎に到着する前、彼らは仁和郷《レンハー》と帰美郷《グイメイ》とを通り過ぎた。これらの村はもともと台南市の生活圏の一部で、三百年以上、府城の日常生活と切っても切れない密接な関係があった。だから彼らは、これらの村のどんなに小さいことでも知っていた。あの区間の道は砂利道か、あるいはコールタールで舗装したものなのか、また、あの通りは狭くて牛車が二台ようやくすれ違えるほど、あの道の傍らには鳳凰木《ほうおうぼく》や楠が植えてある、など、このようなことを掌《たなごころ》を指すように知っていた。メンバー各人の歩く速度が違っても道に迷ったり、バラバラになってしまう恐れはなかった。

おおよそ一〇時頃、虎崎神社の丘の下のマンゴー林のところに集まり、ここで隊伍を整え、計画通り南北両方面から誰にも知られないように神社に這い上がり、それを囲むことになっていた。もちろん、その行動は細心の注意が必要で、絶対に音を立ててはならなかった。丘の上に出て神社の回りを取り巻いた後は、ただ邱玉晨が代表となり、営舎の隊長と交渉し、武器を引き渡すことを求めることになっていた。

だが談判が決裂に終わったら、どうするのか？　邱玉晨が一個、手榴弾を投げて警告する、同時にメンバーたちは必ずコッソリ撤退、バラバラになって、素早く府城に逃げ帰らなければならない。交渉が成功した時は？　その時は、邱が呼び子を鳴らし、皆は暗やみの中で武器を接収する準備を整えなければならない。しかし、顔は決して見せてはならない。武器が邱玉晨の脚の前に積み上げられた時、はじめて一人一人姿を現わし、武器を手にとって駆け出す。もちろん、重機関銃を担ぐには二人が必要だ。これはメンバーの中の兵隊経験者が人目につかない場所に運び、二つに分解して持って帰る手筈だった。幸いにメンバーの全員が兵隊経験者で、武器の構造はよく知っていた。

この工作の中でもっとも重要な点は、相手側に、こちら側の人数を終始知らせないことで、こちらが相手側より多く、数十人いなければ太刀打ちできないと思わせなければならない。幸運にも、その夜は闇夜で、こちらは暗やみにひそみ、相手は明るいところにいる。彼らは夢にも私たちが夜襲をかけてくるなどとは想っていないだろうから、武器の明け渡しは成功する可能性が大きい。

光復後間もない時期だから、彼らは依然として「死を見ること帰する」ような気迫を持っていた。日本のファッショ的軍国主義の教育の中で人となったので、軍事教練や実戦を通じて戦闘技術を習得していた。彼らは、それぞれが優秀な兵士であったが、誰のために戦闘するかについては、明確な意識を持っていなかった。しかし解放後の人民の生活の不安定と文化的価値感情との矛盾は、彼らの心理の中に拭い切れない挫折感を生み出していた。ただ、ボンヤリとだったが、現在のファッショ的統治を破ってこそ、満身創痍《まんしんそうい》の台湾を再建し、自由と民主の道に引き入れることが可能だと考えていた。

九時には、足の早いものは麓の神社の鳥居のところに到着していた。邱玉晨と簡阿淘も、その中の二人だった。その時、うまい具合に煙るような細雨が降って来て、羽毛のように彼らの頬をかすめた。それから、およそ一時間後、最後の葉秀菊が到着した。それは彼女の歩みが遅かったからではなく、急病の患者に備えるために殿《しんがり》をつとめた結果だった。

「俺がまず頂上によじ登る。皆は分散してよじ登って来い。細心の注意を払ってもらいたい。よじ登ったら、萱《かや》の草むらに身を隠し、俺の動きに目を離さないように。営舎からは明かりが微かでも洩れている筈だから、俺のすることが見える筈だ。いいな、俺が指示を出すまでは軽率に事を起こさないように」

邱玉晨は声を殺して最後の説明をした。彼らは早くに砂の上に図を描いて演習もしていたので、各人がどのように行動し、どのような位置を占め、どのような責任を負うのかということは、ハッキリしていた。彼らは一斉に分散し、頂上の神社に向かって丘を登りはじめた。

箇阿淘がオヤと思ったのは、よじ登って三〇分も経つのに、周りがまだ真っ暗で、営舎の中から何の音も聞こえてこないことだった……二〇数人の兵隊が住んでいる兵舎なら、グッスリ寝込んでいたとしても、便所に行ったり来たりする物音、またイビキやウワゴトの類いが聞こえてくる筈だ。箇阿淘は最後には営舎の炊事場の後ろの麻黄《まおう》樹の下まで行って、耳をそば立ててみた。しかし、耳に入って来たのは、とぎれることのない虫の声や、多くの木々を渡って行く物寂しい風の音ばかりだった。

漆黒の闇の中、彼は目を見開いて邱玉晨の行方を追ったが、何も発見できなかった。「これは、少しおかしいぞ！」と思った瞬間、彼のそのような思いに呼応するかのように一個の手榴弾が営舎前の広場で炸裂した。その猛烈な炸裂音は彼の鼓膜を震わせ、彼はバネのように飛び上がった。その炸裂した火花は同時に草緑色の旧日本軍の軍服を着た邱玉晨の姿をも照らし出した……続いて豆を炒《い》るような重機関銃の音が響きわたり、箇阿淘の頭の上を弾がヒューヒューと通り過ぎて行った。

もう一個の手榴弾が炸裂《さくれつ》した時、彼は、その火花の明かりの中で邱玉晨が地上に倒れているのを、ハッキリと目にした。手榴弾で傷を負ったのか、それとも弾に当たったのか。

彼はパッと身を起こし、邱玉晨の傍まで走って行き、様子を見ようと思ったが、敵の砲火はますます激しくなり、風も透さぬほどの火網が営舎全体を包み込んでいるような按配だ。箇阿淘は悟った。邱玉晨は一〇中八九絶望的で、今、その傍まで行くのはムダに命を落とすことでしかない、と。邱玉晨が犠牲となったからには、両翼から彼を援護した仲間たちも危ない。今晩の夜襲は完全に失敗したのだ。止《とど》まれば、死あるのみ。涙ぐみながら山腹に退くと、何とそこに見たのは瀕死の翁徳銘だった。

これは風説が伝わっていたものに違いない。駐屯軍は早くも彼らが襲撃をかけてくるのを知っていて、神社の背後の山に隠れ、厳重に陣をつくって彼らが来るのを待っていたのだ。まさか彼らの中に内通者がいたわけではあるまい？　誰かがコッソリこちらの動静を駐屯軍に漏らした？　あるいは虎崎郷々長の林貴男が弄した悪巧み？　いずれも違うようだ。彼はメンバー各人の顔や姿を念頭に浮かべ、一人一人検討してみた。彼らは全員が純潔であり、そんな卑しいことをすることは出来ないと確信できた……あの郷長の林貴男に至っては、なおさらで、彼自身、義気に富み、暴政を甚《いた》く恨んでいた。そのために、駐屯軍の警戒心が特別に高かった？　それは大いにあり得ることだ。台北で暴政に抗議する運動が起きて以来、すでに何日か経っている。駐屯軍はかなり早くから指令を受け、毎夜、山頂に守護の陣を敷き、下を望んで、私たちが彼らの張った網に自分から入ってくるのを待っていたのかも知れない。

要するに簡阿淘には、あの晩の夜襲がなぜ失敗したのかについて、ズッと腑に落ちないでいた。しかし、彼にとっては、彼らの失敗は暗黒の統治力が、この島々の上に末長く垂れ籠めているが、いつの日か一筋のきらめく曙の光が再び黒い幕を切り開き、島民に自由と民主を与えるだろうことの象徴であることは、ハッキリしていた。

3

太陽が昇り始めた頃、簡阿淘は三〇分ほど歩き、急いで府城の東門外から虎崎郷行の小型汽車に乗った。それは始発で、一〇数人の男女の中高生と、仁和郷に出来たばかりの紡績工場に通う一群の女性労働者たちを除けば、簡阿淘と、六〇歳を越えた老農夫が乗っているに過ぎなかった。老農夫は矍《かく》鑠《しゃく》としていて、昨日、市にやって来て肥料の硫酸アンモニア一袋を買い、急いで帰るところだった。簡阿淘はポケットから紅色の古い楽園煙草を出し、彼に一本をすすめた。老農夫は悠然と煙草を吸いはじめた。

「小父さんは虎崎の人ですか?」

「いや、わしは頂泉《チンチュアン》郷の者じゃ。虎崎で下車して、山の方へ一時間ばかし入ったところじゃ」

「この硫酸アンモニア一袋を担いで行くのでは大変ですね」

「いんや、虎崎駅に自転車を置いてある。それで運んで行くんじゃ」

「お見受けしたところ、あんたはインテリだな。聞いたところでは、アメ公が台湾に騒ぎが起こったのを知って艦隊や大軍を派遣し、わしら台湾人を助けに来るというんだが、本当かな?」老農夫は声を殺して聞いた。

「今の台湾は無政府状態に近い。ありもしない噂話が特別に多い。デマじゃないですか」と簡阿淘も声を殺して答えた。

「たまらんな！　日本の奴等が帰ったかと思ったら、また賄賂をむさぼる役人どもが、ドンとやって来た。こいつらは日本の奴等よりもっと腐っちょる！」老農夫は嘆きはじめたが、簡阿淘は黙って煙草を吸い続けた。皺が一杯に寄った、木彫りのような農夫の顔を見ているうち、悲しみが心の中から湧き起ってくるのを感じた。

簡阿淘も恐るべき噂話を聞き、虎崎郷に急いでいるのだった。何日か前、楊亮功《ヤンリャンゴン》の率いる大陸から来た軍の増援部隊が基隆の埠頭に上陸、是非の別なく人に遇えば発砲し、少なからぬ無実の民衆の命が奪われているという。そして、これらの軍隊は今も台湾各地で粛清活動を繰り広げ、地方でも掃討が始まったという。伝聞によれば、二二八処理委員会に参加した、多くの暴政に抗議した人たちも銃殺されたそうだ。事実が証明されていない伝聞とはいえ、彼は府城の大正公園で、たくましい身体をした弁護士の湯徳章《タンダーチャン》が銃殺されるのを、この眼で見た。その流れた血の跡は大正公園のコンクリートの上にある。水で流したが消えていない。昨日、彼が聞いたのは、虎崎郷々長の林貴男が逮捕され、この数日内に銃殺されるかも知れないとのことだった。

林貴男の逮捕が彼らの夜襲と関係があるのかどうか、簡阿淘にも分からなかった。しかし、彼らが脅威をあたえた虎崎郷の駐屯軍が心穏やかならず、一矢報いようとして林貴男を捕らえ、処刑するというのは大いにあり得ることだ。たとい林貴男が彼らの行動に加わっていなくても、駐屯軍に関わる情報を、彼らの指導者である邱玉晨に伝えているのは事実だ。邱王晨はすでに壮烈な戦死を遂げている。この線からメンバーの身柄を辿るのは不可能だ。翁徳銘もすでに「国のために軀を損て」た。したがって、この線からも、何も糸口は見つからない。簡阿淘や葉秀菊を捕まえない限り、あの不成功に終わった夜襲の一幕は永遠に歴史の墳墓の中に埋もれてしまうだろう。とはいえ、簡阿淘を捕まえたとしても、何も聞き出せないだろう。夜襲のメンバーは、その時、即成に集まってきた者で、相互に名前を知らず、たとい厳しい拷問を受けたとしても、誰の名前も提供できなかっただろう。彼らは見せしめのために誰かを銃殺する必要があった。こうして林貴男は、犠牲の子羊となったのだ。

簡阿淘は頭を垂れ、この間の事情を分析し、身代わりの子羊として林貴男が難に遭遇したと確信した。強い心痛が起こり、大声を出して泣きたいと思ったが、涙が出なかった。彼は呻《うめ》きはじめた。

彼は老農夫が硫酸アンモニアを自転車の後部荷台に積み、ゴムバンドでシッカリ止めるのを手伝った。老農夫は礼を言った後、強くペダルを踏んで去って行った。

駅前の広場には、運ばれるのを待っている砂糖黍がうずたかく積まれていた。砂糖作りの時期が早くも始まっていたのだ。

簡阿淘は駅を出た途端、ただごとではない空気を感じ、大通りや路地を見回すと、老幼男女の入り混じった群れがあちこちに出来ていた。顔々に憂えを浮かべ、ヒソヒソと話し合っていた。彼らは一体、何を話しているのか？　まさか？　心臓を締め上げるような強い痛みが湧き起こってきた。小さな農婦の群れに近づいて行くと、とぎれとぎれに、こんな言葉が聞こえてきた！　「林郷長……」「虎崎神社の……」「処刑される……」「正午か？……」「そうらしい……」。もはや疑う余地はない。彼の杞憂《きゆう》は決定的な事実となったのだ。林貴男は処刑されようとしているのだ。

一二時近くなると、どこから湧き出てきたものか、三々五々人の群れが大通りや路地や食品市場から黙々と虎崎神社に向かって歩きはじめた。昼御飯を食べるため、仕事をやめ、家路を辿っているのではない。上帝の指図に従うかのように、ほとんど全村の人が村外の丘に通ずる小道に入り、また噂を聞いた近隣の部落の人々も列に加わり、足取りは重かった。異常な沈黙が支配し、野辺送りの際の、一本の縄を引いて行く哀悼者のようだった。なかには銃殺の情景を一目見たいという好奇心の持主もいたかも知れないが、それを表に出す人はいなかった。大多数は農民で、大地のように頑なに口を結び、シッカリ足を踏み締め、丘をめざしていた。彼らは、彼らの郷長がどんなふうに命を奪われるかを見届けたいと思っていたのだ。

神社の前には広い草地があり、小学校の運動場を思わせた。実弾を込めた銃を持った兵士たちが適当な間隔を保って草地を取り囲んでいた。処刑を見るのを禁じていたのではない。人々が草地に入り込んで来るのを防いでいたのだ。

「林郷長が銃殺されるのは本当なのだ！」簡阿淘は笠をかぶった農婦たちの間に混じりながら、空っぽの草地の中を見ていたが、急に大きな叫び声が喉の奥から弾き出ようとするのを感じた。彼は歯を食いしばり、拳を握り締めて、それに耐えた。

太陽はすでに中天に至り、強烈な太陽が照りつけ、楠の木や野草も頭を垂れ、生気を失っていた。空気は熱く、張りつめ、二、三の嬰児の泣き声がその空間を破った後は、重い空気がさらに強くなった。

営舎の事務室から二人の草緑色の軍服を着た、雲つくような大男が、洋服を着た年寄りを中にして現われた。その白髪の混じった角刈の頭から、年寄りが林貴男であることが簡阿淘には分かった。手錠も足かせもかけられてはいず、また、ガンジガラメにも縛られていなかった。町に買い物に行くような身軽な格好だが、大男の二人の兵士に、その両腕を取られて宙に足が浮いていた。

彼の顔は蒼白で、やつれていたが、二つの眼は鋭く光り、瞬きしなかった。はるか遠くの青い空を見詰めていた。その青い空の中に、解かれざる自由と幸福の謎が隠されているかのようだった。

意外のことに死刑の宣告がなかった。また何かスローガンを叫ぶなど、この種の悲劇性を誇張する儀式のようなものもなかった。静まり返った沈黙の中で、処刑は淡々と進められて行った。

おおよそ草地の真ん中、台湾侵略の頭だった北白川宮能久《よしひさ》親王を祀《まつ》った神殿に向き合った時、二人の兵士は林貴男の左右の膝頭を突然、同時に蹴った。郷長は意外の蹴りを食らってよろめき、手をついて身体を支えようとしたが、支え切れず、草地の上に尻を落として坐り込んだ。と同時に、右側にいた兵士が、いつの間にか抜き出したピストルの銃口を郷長の後頭部にピッタリとつけ、引き金を引いた。連続して三発の銃声が響き、郷長の身体は前にのめった。

鮮血が野草を染め、大地に浸み込んだ。やがて陽の光が、それを乾かし、遠くから見ると、緑の草地の黒ずんだ汚点になっていた。

やがて簡阿淘の周りに慟哭の声が起き、その声は悲傷な曲のように忽ち高く忽ち低く、また波浪のように流転し、その後は、シャクリ上げる啜り泣きに変わった。

彼はガックリとし、立ち去ろうとして遺体の方をチラと見ると、郷長の家族たちが死者の身体をさすりながら、悲痛な声を上げていた。

ピアノと犬の肉

三月下旬の或る日、簡阿淘《チェンアタオ》は「萬福庵《ワンフーアン》」にある家から慌ただしく勤めに出ようとした時、母親が雨傘と弁当箱を渡しながら、とても心配そうに話しかけた……

「時局が収まっていないようだよ。噂だと、一〇日ほど前、大陸から来た軍隊が基隆《キールン》に上陸した時、見境なく沢山の人を殺したそうだよ。お前の学校は大丈夫かね」

「母さん、心配しなくてもいいよ。何事もないよ。春は本当に継母《ままはは》の顔のようだ。雨が降ったかと思うと、晴れたりで、たまらないな」

彼は雨傘と弁当を受け取ると、心の中で白米の詰まった弁当をこしらえるのに母親がどんなに苦労したかを思った。米価が暴騰しているのに、もう何ヵ月も給料をもらっておらず、一家の米櫃《こめびつ》は空になろうとしていたからだ。

「萬福庵」の路地を出て、彼は雑草が生い茂ったロータリーをグルッと回って「普済殿《プーチーディエン》」通りに入ると、遠くに女の同僚の王秀琴《ワンシュウチン》の固く閉まった門が見えた。その荒涼とした門の隙間から濃厚な線香の香りがほのかに流れ出ていた。何日か前、彼女の父親の棺が正庁《チャンチン》(中央の広間)に置かれ、数人の尼さんがお経を唱え法事を営んでいたが、今は「出山《チューシャン》」(出棺)も終わった様子で、静かだ。彼女の父親は二月末、用事があって高雄に行き、下車して地下道に入ったところで打狗《タカオ》要塞の兵士たちによる機関銃の掃射を受けて命を落としてしまったのだ。こんな不安定な御時世に、彼女の父親はなぜ高雄まで行かなければならなかったのか、彼にはとても不可解だった。すでに死んでしまったからには、悲しんだとてどうすることもできないが、彼は一度、王秀琴に会い、彼女を慰め、その悲しみを和らげてあげたいと考えていた。

簡阿淘が「鋒《ファン》国民学校」に到着、足を一歩、校門のなかへ踏み入れた時、空気の中に一種異様な騒がしさがあるのを感じた。この明け方、生徒たちが登校してくる前のこの時間、普段なら、静まりかえっていなければならない。何歩も進まぬうちに、何と彼は昨晩、学校が大陸から来た軍隊によって占領されていたことを知った。玄関前の広場には五、六台の大型トラックが停まり、三、五人単位で群れをなし、地面に蹲《うずくま》って朝飯を食べていた。

玄関の右方には何時掛けたのか、躍るような大きな字で「国軍六十二師団本部」と書かれた木製の看板が下がっていた。胸をドキドキさせながら、石段を上がったところで、学校の全部が占領されていたわけではなく、宿直室と大会議室だけが対象となっていることを知った。このほか、六年生の全教室が狼藉《ろうぜき》を極め、テーブルと椅子が横に歪んだり、倒れたりしていた。兵士たちがここで夜を過ごしたようだ。

玄関の柱には猛々《たけだけ》しい一頭の大きなシェパードが繫がれ、彼を見ると、吠え続けた。一人の将校らしいのが出てきて、シェパードに声をかけ、小さな洗面器に盛った残飯をあてがった。

彼は犬と違って友好的で、簡阿淘を見ると、笑みを浮かべて招いた……

「先生、おはようございます！」

簡阿淘は彼の話す中国語（北京語）を理解できなかったが、彼の友好的な態度には感動した。

「あなたは犬が好きなんですか？」とガツガツと残飯を食べている犬を指さして言った。

将校は、その意味が分かったらしく、顔の上にバツが悪そうな微笑が浮かんだ。

「そうです！　チョッと太らせたい！」

「チョッと太らせたい？」簡阿淘は彼の動物に対する愛に感動し、何度か頷き、感服の意を示した。

誰が大陸から来た軍隊を凶暴だと言うのか、彼らは私たちと同様、善良で、動物にも惜しみなく愛を注いでいるのではないか！

簡阿淘は玄関の左側にある、占領されていない大事務室に入った。この鋒国民学校は規模が大きく、約四〇余人の教師を抱えていた。

大事務室に足を踏み入れると、校長室の辺りから鋭く高ぶる話し声が聞こえてきた……こんなに早く、もう校長に、お客さんが来ているのか、何気なく校長室に脚《あし》を踏み入れてしまった。

「簡先生、ちょうどいいところに来た。この将校が何を要求しているのか聞き取ってほしい。すでに学校の半分を彼らに提供しているのに、さらに何が必要なのか、と」

林《リン》校長の青い顔には苦悩と怒りがハッキリと浮かんでいた。校長の前のソファーに座っているのは、一人の中年の将校で、地位も高そうで、とても威厳があった。彼の背後には兵士が二人、実弾をつけた銃を肩に下げて立ち、虎視眈々《こしたんたん》とした目つきで校長を見つめていた。

将校は努めて笑みをつくり、簡阿淘の手を握った。

「お名前は?」

「簡阿淘と申します」

「簡先生、私は六二師団長、薛濤《シエタオ》副官の汪《ワン》中佐です」

中佐は癖の強い客家《ハッカ》の口調で、そう紹介した。簡阿淘は客家語を、ほんの少しばかり理解できたので、彼の言葉を全く辿れないということではなかった。

「中佐、あなたは客家ですか?」と簡阿淘は拙劣な中国語で聞いてみた。

「そうです。梅《メイ》県人です。この師団には広東人が多く、ほとんどがベトナムから移動してきたものです」

「ベトナム、それはご苦労様でした」簡阿淘はお世辞を言った。

「わが師団長は昨夜、ここに来ました。夫人や娘もこの学校に来て、音楽室にピアノがあるのを見ました。それで娘が練習のため、ピアノを学校から借り出したいと……」

「この……」

簡阿淘は、それを校長に伝えた。校長は、それを聞くと、顔を真っ赤にして言った。

「本校には二台のピアノがありました。一つはやや大きめのグランド・ピアノですが、戦争中、米軍機の爆撃にあって壊れました。残っている、もう一台は全校の生徒と先生が、これによって音楽の授業をしています。どうして貸すことができましょうか?」

校長の物言いは決然としていた……しかし、日本語で言ったので、中佐には分からなかったようだ。だが、どうして分かったのか中佐は突然怒り出し、眼を剝《む》いて校長を睨《にら》みつけて言った。……「あなたがどう思おうとも、われわれはする。われわれは遠慮して相談を持ち掛けましたが、理解を得られなかったようです。われわれは大陸で人々にモノを借りましたが、これまで要求を拒否されたことはありません」

「校長、彼らは手に武器を持っていますよ！　応じた方がよいのでは」簡阿淘は気づかれないように校長に告げた。

二人の兵士は、この間の事情を心得ているかのように手を引き金にかけ、随時発砲できる様子だった。正直、簡阿淘は早くも度肝《どぎも》を抜かれ、腰が抜けそうになった。

「分かった！　理が通らない連中だ！　少なくとも借用証を書くよう伝えてくれ。そうでなければ、全校の先生や生徒に申し訳が立たない」校長の声は暗然としていた。

中佐は最初は渋っていたが、簡阿淘が心を籠めて再三説いたので、借用証を書いた。だが、それには捺印も公印もなかった。校長は、その妙としか言いようのない借用証を見て、しばらく心を痛めていたが、結局は銃口の前に屈服した。

彼らはピアノが玄関に推し出され、軍のトラックに運び上げられるのをただ黙視しているだけだった。

「注意して、傷つけないで！」と校長はなお痛々し気に何度も繰り返したが、兵士たちには微かな反応もなく、軍のトラックは黒い煙を長々と吐いて去って行った。

「ろくでなし！　ごろつき！」と簡阿淘の背後で王秀琴が歯噛みをし、涙を一杯溜めながら、罵るのを止めなかった。彼女は音楽の先生で、大陸から来た軍隊は先ずは彼女の父親の生命を奪い、今度は朝な夕な連れ添い、最も愛したピアノを奪い去られたのだ。彼女の恨みは、どんなに深いか。簡阿淘は彼女の繊細な瞼《まぶた》を見た。どのようにして彼女を慰めたらよいか分からず、黙ったまま離れるほかはなかった。

それ以来、簡阿淘は毎日、シェパードに挨拶し、頭を撫で、時には家から携えてきた魚の頭を食わせた。そのためシェパードは彼を見ると、尻尾を振り、何度か軽く吠え、歓迎と親愛の情を示した。

一週間を過ぎると、学校の先生や生徒たちと六二師団の兵士たちの間にも友情が次第に生まれ、再び敵視することがなくなった。大体がこれらの兵士たちは皆若く、元はといえば田舎育ちの純朴な農民で、教師に対しては敬意を失っていなかった。彼らの規律はとても乱れ、教室のテーブルや椅子をくべて室内を煤で汚したりしたが、人を殴ったり、銃を乱射するまでには至らなかった。彼らの補給はひどく、毎日二食で、薪炭を買う金もないので、その辺にあるものを失敬することがしばしば起きた。しかし、彼らの置かれていた苦境が分かっていたので、大多数の教職員たちは黙認していた。

春なおまだ寒い或る日、簡阿淘は学校に着いて意外の発見をした。いつも柱に繋がれていたシェパードの姿がないのだ。彼はチョッとおかしいなと思い、またこれは究極的には持ち主の鐘《チョン》さんと犬との関係だと考え、次々と迫る多忙な授業の経過の中でシェパードのことはすっかり忘れてしまっていた。午後四時となり、簡阿淘は帰宅の準備をし、玄関前の石段に足を掛けた時、鐘中尉が満面に笑みを浮かべて、彼の背後から、こう叫んだのだ。

「簡先生、戻って下さい。私たちは今晩、打牙祭《ダーヤーチ》（口のお祭り）をやります。お出でになりませんか。御飯を差し上げたいと思います」

簡阿淘は、ようやくこのような広東兵の中国語に慣れ、大体、一〇の八、九は理解できるようになっていた。

「打牙祭というのは何ですか」彼は鐘中尉の発音を真似て聞いた。

「オオ……大御馳走を食べるということですよ」中尉は頭を掻きながら、要領を得ない返事をした。

「そうですか。分かりました。御馳走を食べるということですね？」

「そういうことです！」

「しかし、母に連絡をしないと、母は家で晩御飯の支度をして待っています！」

「問題ありません。食べ終わったら、お帰りになるとよい。私たちはすぐ始めます！」

簡阿淘は将兵たちが午後四時から二回目の食事をとることを知っていた。好意を袖にしがたく、また好奇心も起こったので、中尉について行くことにした。大陸からきた軍隊が一体どういうものを食べているのか、シッカリ見ておきたいと思った。

鐘中尉について、彼ら将兵たちが占拠している教室に入って行くと、酒宴はすでに始まっていた。事務室から持ち出した大きな鍋を置き、肉がグツグツ煮え立っていた。肉の他には幾皿のお菜で、乾し納豆や乾し小魚の炒め物、小黄瓜《きゆうり》の漬物、豆乾《トーカン》（豆腐の干物）の類。鐘中尉は一脚の椅子を持って来るとともに、箸とお椀もあてがい、食べるように勧めた。大きな鍋から肉の味を予想させる濃厚な匂いが鼻に来た。中尉は一杯の薄桃色の酒を注ぎ、これは故郷の広東から持ってきた名酒「玫瑰露《メイグイル》」だと説明した。簡阿淘は一口に呷《あお》った。台湾の酒に比べて数倍の芳醇さが感じられるとともに、正真正銘のハマナスの香りがした。彼は、その勢いで立て続けに、さらに数杯を傾けた。

「サァ、サァ、酒を飲んで、肉もどうぞ。この肝臓のところは本当に栄養がありますよ。あなたに一つ取って上げましょう！」

中尉は忙し気に彼の碗にいくつかの骨のついた肉を入れた。排骨《パイクー》のようでもあり、鳥の腿のようでもあり、当然、鳥の肝臓のようなものもあった。それが何の肉なのか、彼は一時《ひととき》も疑うことはなかった。何しろ光復後は肉を食べる機会は少なく、毎日お粗末な御飯で、白米飯さえ稀、だから胸襟を開いて飲むとなると、遠慮どころか一切れの肉や皮さえも噛り付き、残すことはなかった。酩酊《めいてい》大酔、簡阿淘は満腹を覚え、兵隊さんたちにお礼を言い、ヨロヨロとした足取りで家に帰った。

翌日早朝、事務室に入ると、慌てふためいた小使の呉根土《ウーゲンツー》が彼を探しに来た。

「簡先生、今朝、湯を沸かそうとしたら、炊事場に一塊のカスがありました。床には血痕と、焦げた稲藁が散らかり、鉄鍋には異臭が立っています。どうしたら、よいでしょうか。チョッと台所まで来ていただき、清掃を助けていただけないでしょうか」

「焦げた稲藁?」簡阿淘には思い当たることがあり、すぐさま呉根土について炊事場に向かった。果たして鉄鍋には、油の浮いた水が半分ほど溜り、濃厚な肉の匂いを発散していた……そして床には乾いた血痕が至る所に残され、一束の稲藁が灰となって散らばっていた。簡阿淘が仔細に観察したところ、ある種の動物の褐色の毛もあった。

電光一閃、彼の脳裏に昨夜の打牙祭の情景が浮かんだ。胸がふさがり、生唾を飲みこんだ。居たたまれず、外に出、溝の辺りに唾を吐いた。疑いようのないことだった。昨日食べたのは犬の肉で、彼と仲良しだったシェパードの肉だったのだ……もともと鐘中尉が「もっと太らせて」と言ったのは、殺してその肉を食べるためで、より多く餌を食べさせていたのだ。

すでに肉は食べられ、腹に入って、わが血と肉となってしまった。どんなに悔やんでもどうしようもないと簡阿淘は認めた。しかし、そのことを言いふらすつもりはなかった。言いふらせば同僚たちが異様な眼差しで彼を見るに違いないからだ。どうして、それを受け入れることができよう? 人類の良き友である犬を食べてしまったことは、どうみても光栄であるとは言えない。

三時限が終わって、悩ましい気分を抱いて教室を出ると、王秀琴が向こうから歩いてきた。悲しく恨み深い、大きな眼で彼を見た。このような眼こそ常々彼を悩ませたものだった。

「簡先生、お願いしたいことがあるんですが!」

「どんなことですか?」

「校長先生にも申し上げたのですが、お忙しくて。軍隊がピアノを持ち出して行って大分経ちますが、未だに返っていません。音楽の授業が全くできないでいます。向うに返すよう、あなたから言っていただけないでしょうか?」

「それは……」簡阿淘は口籠った。

「怖いんですか?」と彼女は急所を衝いてきた。

「あの時、校長は貸すことを承知しませんでしたが、彼らは今少しで武力に訴えようとしました。現在、討伐中です。恐らく一〇中八、九ダメです!」と簡阿淘は何とか話をつくろった。

「でも、どうしてもしなくては! 男は大丈夫、どうして恐れるの?」

「自分一人で、うまくやれるかどうか」

「私がお伴します。私は怖くないわ!」

王秀琴の心は怨恨に満ち溢れ、顔が真っ赤だった。

「あなたを危険にさらすわけには行きません」と簡阿淘は、情愛の籠った、ウットリとした眼差しで彼女を見た。

「ピアノはどうしても必要なものです。返してもらうまで帰りません。もう一度言います。あなたのお伴をします。そうでなければ、何も始まりません。あなたには申し訳ないのですが」と王秀琴は彼をとても信頼しているようだった。

「分かった！」

簡阿淘と王秀琴は揃って校長のところに行って、あの借用証を受け取り、校長には二人の授業の代行を依頼した。そして各自、自転車に乗り、征途に上った。「慷慨、義に就く」——壮烈な決意を心に抱いて。

第六二師団の本部は鋒国民学校に設置されていたものの、実際に薛涛師団長が執務しているのは台南二中だった。

二〇数分の後、二人は公園横の台南二中に着いた。

正門前には実弾を装塡した銃を持った兵隊の衛所があり、校内に入る者の検問を行っていた。

簡阿淘は二人の自転車を施錠、塀の近くに置き、背後にいた王秀琴に、彼の後に、あまり離れないように付いて来るように伝えた。そして恐ろし気な衛兵に向かって来意をつげた。

「師団長に会いたい？　ウーン、お前は誰だ？」

「私たちは鋒国民学校の教師です。師団本部に来たのは校長の命令で、師団長に面会して上申することがあって来た」

「よし！　付いていらっしゃい」

班長らしい士官は意外になごやかで、彼らをうとましく思うような気配がない。希望が叶うかもしれないと心から重しが取れたように感じられた。

二人が玄関脇の応接室に入ると、班長は座るように促した。簡阿淘と王秀琴は戦々恐々、心配顔をして腰を下ろした。

その後、何の音沙汰もなく、時に兵隊が入って来て二人をジロッと見、何かしらブツブツ言って出て行った。

「私たちを拘留するつもりかしら？」と王秀琴は小声で言った。

「いや、俺たちは何も罪になるようなことはしていない」と簡阿淘は気持ちを振るい起して昂然《こうぜん》として言った。

三〇分あまり経った頃、サッパリと整った服装をした年若い士官が入って来た。

「あなたがたは鋒国民学校の先生ですか？　師団長は不在です。私は副官ですが、どういう御用件ですか？」

この俊英な将校は、泉州訛《チュワンチョウ》（広東州）の流暢な台湾語で遠慮深く聞いた。

「事情はこうです。あなたがたの師団長は、私たちの学校に来て、一台のピアノを借りて行きましたが、いまだに返却がありません。授業に差支えがありますので、ぜひ師団長にピアノを返してほしいのです！」と簡阿淘は理をのべて、キッパリ言った。

それを聞くと、将校の顔に何ともいえない笑みが浮かんだ。

「私は音楽の教師です。お考えなさって下さい。ピアノがなかったら、どうして音楽の授業ができるでしょうか？」王秀琴もまた口を尖らせながら、少しも遠慮なく話した。

将校は今度は危うく笑い出すところで、或る種の動物を見るように、仔細に二人を眺めていた。

「これが借用証です！」と簡阿淘は慌ただしく借用書を取り出し、彼に見せた。

しかし、彼はそれを見ようとはせず、依然として笑みを浮かべたまま。

「私は、この一件を知っています」と将校は遠慮深く言った。

「それなら、ピアノを必ず返していただくよう取り計らっていただけませんか」

簡阿淘の言葉は金城鉄壁にぶち当たったように、空しく跳ね返った。

「某日、わが軍隊がここを離れる時、お返しします。急がれるな！」

将校は、それまで二人を憐れむように見ていたが、笑みを収め、顔を厳《いか》めしくして言った。

「しかし、今日できれば返して下さい。これほどいいことはありません」と簡阿淘は焦《あせ》った。

「分かりました。しかし、今、師団長は不在です。帰って来た時に私が話してみます。お帰りになり、学校で吉報をお待ち下さい」

「お帰り！」と将校が五月蠅《うるさ》げに叫ぶと、事情を知らない、さきほど二人を応接室に案内した士官が現われ、手まねで彼に付いて来るように促した。

簡阿淘と王秀琴はションボリと項垂《うなだ》れて学校に帰ってきたが、意気阻喪《そそう》して、ひとことも言葉が出なかった。相互に向かい合って黙視、しばらくすると王秀琴の眼に熱い涙が満ち溢れ、今にも泣き出さんばかりだった。簡阿淘は柔らかな肩の辺りを軽く打って慰めたが、彼も心に傷を負い、言葉が出なかった。

黄昏が訪れるまで、ズッと玄関に佇《たたず》み、首を長くして、あの軍のトラックがピアノを載せて帰ってくるのを期待していた……その願いは空しかった。

一日また一日と過ぎ、彼らは毎日、ピアノが返って来るのを心から望んでいたが、杳然《ようぜん》として何の消息もなかった。のち、学校に駐屯していた兵隊たちは撤収、したがって占拠されていた教室も学校に返却され、同時に風聞によって第六二師団がすでに大陸に戻ったことを知らされた。二人は急いで台南二中に駆けつけてみると、事実は風聞の通りで、第六二師団はすでに府城を離れていた……しかし、ピアノに関する消息はなかった。

あれから四〇年の月日が経つ。あのホッソリとして美しかった王秀琴も世を去って久しい。簡阿淘は幸いにして生きてはいるものの、衰残の身である。しかし、あのピアノについての消息は未だにない。常に思い出すのは、あの青春時代の一情景だ。あの頃の彼は本当に幼く、愛すべき男だった。

赤い靴

1　米街

鋒《ファン》国民学校から萬福庵《ワンフーアン》にあるわが家に帰ろうとすると、時刻は正午で、汗が背中に流れるだけではなく、お腹もすいて身体もグニャリとして、一歩も動きたくない感じだった。飢餓の感覚はすべてが生理上のものではなく、複雑な心理的な要素からも来ているようだった。今朝は、米よりも薯《いも》の多い粥とはいえ三杯も食べているのだから、このように、お腹がすくはずがない。しかし飢餓の感覚がひたすら大脳中の或る中枢地域から頻繁に警告を発し続け、ちょうど府城(1)（台南市）の最も古い街――「米街《ミーチエ》」の街頭まで来ると、本当にグニャリとしてしまった。手を伸ばしてズボンのポケットに入れてみると、望外のことに五枚の一元紙幣があったので、「米街」辺の点心を売る露店群「石鐘《シーチョン》臼《チュウ》」で、府城でもっと有名な米糕《ミーガオ》（米粉を主材料に作られた菓子）を一個食べることに決した。米糕のプーンと香る炒め肉、サクサクとした魚の田麩《でんぶ》が、お腹に収まると、失礼ながら、満ち足りた長い溜息が口から出た。実際、一皿では何とも飢餓の感情を解決することはできなかった。少なくとも、あと一〇数個、さらには何杯かの魚丸湯《イーワンタン》（つみれの入ったスープ）を食べることができそうだった。

飢餓感は少し収まったが、同時に帰宅しなければならないという思いも消えてしまった。もともとは打銀街《ターチンチエ》の百年余の歴史を持つ旧家に住んでいたのだが、太平洋戦争中、日本の植民地政府によって「防空用の空き地」にするために取り壊され、この万福庵小路の木造の二階屋を借りて住むことになったのだった。父親は高雄にある軽金属工場で働くことになって、兄弟六人は母親とともに七人、せせこましく三部屋に肩寄せ合って暮らしていた。だから、こんなに暑い日、家に帰っても身の置きどころはない。考えれば考えるほど煩わしくなり、もと来た道に戻り、同僚の許尚智《シーシャンチー》の家を訪ねた。この後戻りこそ、わが生涯の恐るべき転機となり、二〇数年に及ぶ痛苦呻吟の日々をもたらすことになったものだった。

許尚智は州立台南二中後期の同級生で、彼の家は米街で陶器や金物を売る老舗、相当に豊かな暮らし向きだった。父親は日がな一日、長キセルを口にくわえている肥満長身の人で、一日中、ヨタを飛ばしながら、お喋りしている小商人と違って、終日、竹の椅子に横になりながら、客の来るのを待っていた。私と挨拶を交わすのも希《まれ》だった。というのは、彼の家に着くと、胸を張って、時には頭を下げてからサッと二階の許尚智の畳を敷いた部屋に駆け上がってしまうからだ。許尚智の長兄と次兄、それから兄嫁の皆は自分に対して好意的だった……彼らは皆、わが簡家の仔細を知っていて、どんなに過激な怪しげな議論を披露しても、多くは笑って済ませていた。商家は利潤を追求するところで、ほかのことは一応聞いて置くというような塩梅だった。

私をもっとも感動させたのは彼の母親で、彼女は纏足《てんそく》をしていた。彼女は私を見ると、年若な女中に点心を持って行くように命じた。夏は愛玉冰《アイイーピン》(氷菓子)(4)や仙草《シェンツアオ》(同)(5)の類で、冬は必ず紅豆湯《ホントウタン》(小豆を甘く煮出したもの)だった。彼女は籠もりがちなわが子が私と交友していることを喜び、慰めにもしていたようだ。

許尚智は脚は長く、ホッソリとしていて竹竿のようで、頭は大きく、馬面で青い顔をしていた。身体の具合が悪そうだった……これは大半は自慰が過多であるのが原因か。彼は詩人で、一日中、薄暗い畳に部屋に籠って英文の詩を唸《うな》っていた……その英語力は高く、エドガー・アラン・ポーの頽廃的で神秘的な世界に傾倒していた。

彼は私が来ると打って変わって興奮した。彼はもともと人が訪問してくるのをあまり喜こばなかった……孤独が性分で、学校に行く以外、この八畳間から出ようとはしなかった。

「阿淘、ちょうどよい時にきた。君に見せたいものがある」と意味ありげにうずたかく積み上げた書籍の中から一冊の薄っぺらな雑誌を抜き出した。

それは粗末な紙の、印刷も不鮮明な雑誌で、表紙に「群衆」の二文字が刷られていた。私は一見して祖国の大陸から入ってきた雑誌であることを知った。興奮して震える手で頁をめくった。あきらかに、これは文芸の刊行物ではなく、政論雑誌だった。

「河上肇の『貧乏物語』を読んだことがある?」と許尚智が聞いた。

「ある！　そのあと、みんなで『反デューリング論』（エンゲルス著。マルクス主義の入門書）も読んだじゃないか？」と私が答えた。

「この雑誌、キッと面白く読むと思うよ。祖国の言語を身につけようとは思わないか？　君に、この雑誌を貸して上げる。全部、書き写せば、力がつくと思う」

許尚智と私は、その頃、先輩作家の劉栄宗《リュウロンツォン》の編集していた『中興日報』日本語版文芸欄に投稿を続けていたが、早くも台湾が光復してから一年になる。過去の統治者の言語を使って書くのは、台湾人として恥辱ではないのか。魯迅のような白話文で書かなければならないと思うようになっていた。そのため毎日、怠りなく『紅楼夢』の一節を書き写すとともに、許尚智とともに北京語を習った。毎晩、大陸から帰ってきた、下大道《シャタータオ》に住む朱《チュー》先生のところに通い、無償の指導を受けていた。

「この雑誌は、どこから手に入れたんだ？」書店には、この類の本は見なかったので、聞いてみた。

「他には言うなよ。大陸の上海で出版されたものだ。ソラ以前、俺たちが読んだことのあるアグネス・スメドレーが憧れていた、大陸のもう一つの党が出したもので、阿才爺《アツァイ》さんがどこかから買ってきたんだ」

「阿才爺さん？」聞いたこともない人物だった。

「米街の冥紙《ミンチー》店（霊前で焼く紙を売る店）に住んでいる人だよ。六〇歳を越しているかな。一人で住んでいる。日本統治時代の農民組合の革命派で、何度か牢に入っているそうだ。日本の昭和天皇がまだ皇太子だった頃、台湾に来た時、日本の官憲によって牢屋に入れられ、台湾を後にしてから、ようやっと釈放されたとのことだよ。危険人物と思うだろ！」

「じゃ、阿才爺さんは台湾人民の英雄じゃないか？」

「そうとも言える。しかし彼はもう一度、台湾人民は解放されなければならないと言っているよ」

と許尚智は声を低くして言った。

「俺たちは解放されたのではなかったのか？　日本帝国主義を追い払い、祖国の懐に返って来たんじゃなかったのか」

「阿才爺さんが言うのには、俺たちが手にしたのは、仮の解放で、俺たちは必ず腐敗堕落した旧軍閥から第二の本当の解放を手にしなければならない、とね」

許尚智の言いたいことが、いくらか分かってきた。光復以後の八、九ヵ月の市民の不安、物価の騰貴、失業者の激増、首つり自殺が珍しくない社会の乱れた状況を思い起こしてみた。

「われわれは三民主義の模範省を建設、全中国を富強で安楽な道に邁進させなければならない。その唯一つの道は第二の解放だ。これが阿才爺さんの主張していることなんだ」と許尚智は顔を真っ赤にしながら言った。

「近々、阿才爺さんのところに連れて行こう。また、新しい雑誌やパンフレットを手に入れているかも知れない」

この時、あの幼い女中の月琴が愛玉冰を運んできたので、二人は何も言わず、それを口に入れることに没頭した。没頭しながら、日本統治時代の台湾人の反帝・反封建の運動のことを考えていた。夢にも、これらのすでに過ぎ去ったことが今も生き生きと現実の生活のなかに作用しているとは思い至らなかった。歴史は裂くことのできない、ズウッと不断に流れる大河なのだ！

2　阿才の家

阿才爺さんは姓は辛《シン》とか何とか言ったが、名前が阿才であることに間違いない。総督府の『警察沿革誌』を開いてみたことがあったが、農民組合のどの集会や活動にも、阿才の参加の記録があった。彼が日本統治時代の反日民族解放運動の中で光栄ある歴史の一頁を占めていたのに疑いない。

許尚智が言うのには、阿才はもと台南府城一番の金持ちである城《チャン》家の作男で、若い時、御隠居付きの年若い女中と恋に落ち、手を取り合って駆け落ちした。しかし、のちに阿里港で捉えられ、二人は服毒自殺を図った。女の方は命を落としたが、阿才の方は身体が強健だったので、浣腸したら、幸いにも生き返った。女はすでに死に、阿才も終身、城家に仕える契約はなかったが、御隠居の特別の計らいで日本の警察官に金一封を渡し、数年後、阿才は放免された。しかし、間もなく失踪してしまった。噂によると、彼は大陸に逃げ、ひそかに台湾に舞い戻って来た時には、以前の呉下《ごか》の阿蒙《あもう》ではなかった。もともと彼は目に一丁字《いっていじ》もない粗野な男だったが、大陸から帰って来てからはただ流暢な北京語を話すだけではなく、万巻の書も読んだ。そして逞しい身体、無尽の体力で働き、生計を立てた。また同時に常に日本の植民政府とも争った。彼の身辺には日本人の特務が影のように付き添い、皆が恐れ、彼を雇う人も少なかった。食うや食わずで一〇数年の苦難の日を耐えた。幸いに渡る世間は鬼ばかりでなく、見知らぬ人がひそかに彼を援助し、餓死することはなかった。彼はすでに六〇余歳になっていたが、妻はなく独りぼっちだった。しかし、身辺には女性が欠けたことはなく、というよりは女性の方が彼なしではすまされなかったようで、一、二の色っぽい厚化粧の女性たちと清からぬ関係を続けていたらしい……もちろん、これらの女性は、善人とはいえず、アレをして生活を営んでいた。

許尚智が私を連れて阿才爺さんが部屋を借りている冥紙店の店先に来た時、日はすでに傾き、赤く染まった明月が舞台のスクリーンのように東の空に高く掛かっていた。

「火ともし時間だよ。阿才さんが晩飯を食って行け、と言うんじゃないか?」と私は後ずさりし始めた。

「ゴチャゴチャ言うなよ!　この時間しか居ないんだ。阿才さんは一日中忙しく、夕方にだけ帰って来るんだ。帰って来たら、すぐに風呂に入り、それから晩飯を食べ、また出かけるのさ」と許尚智は悩まし気に言った。

冥紙店の主人に挨拶し、誰を訪問するとも言わず、そのまま大広間に足を運んだ。どの道、主人は許尚智が誰かを知っていた。

意外に大広間は掃除が行き届いていてサッパリしていた。赤煉瓦の床は一面、蠟で塗抹したかのように光り輝いていた。右側に阿才の借りている部屋があり、鍵は掛けてなく、内側からヒソヒソ声の会話が流れてきた。一つは少女の声で、澄んで、あでやかだ。

二人は音を立てずに静かに部屋に入った。そこは一〇余の畳を敷いた部屋で、阿才爺さんが茶卓の前にあぐらをかき、話しているところだった。茶卓の上には、出来たばかりの、インクの匂いのするパンフレットや印刷物がうずたかく積まれていた。畳の下座には、テーブルと二つの椅子が置かれ、男と女が腰かけていた。男の方は三〇歳余で、大きいサングラスを掛けていた。人が彼の正体を知ることを願っていない気配だった。実際、二人はシゲシゲと彼の顔を見たが、何者かハッキリとはしなかった。彼はクリーム色の麻を素材にした洋服を身につけ、態度も落ち着いて、ユッタリしていた。女の方は阿淘と年齢に大差がなく、二二、三歳だろうか。一見して、府城の人ではなく、「野の人」で、地方の小知識人という印象だった。身体は小柄だったが、水も滴るような、大きな黒い眼は人を動かすものがあった。彼女の着ているものは流行とは無縁の上、みやびやかとも言えなかった。これは彼女が服装には無頓着である結果かも知れない……一体、青春時代の女性で美を愛さない者があるだろうか？

風変わりなのは阿才爺さんで、巨大な身体をかがめながら、満面溢れるような、抗しがたい、天性無邪気な子供のような笑みを浮かべていた。

「許坊ちゃん、申し訳ない。先客があって、座る場所がなくて。鉄観音を一杯、どうぞ。こちらは？」

「私の友人の簡阿淘さんで、鋒国民学校で教鞭をとっています。同僚です。祖国の文学に興味を持ち、研究しています」

この時、サングラスを掛けた男が立ち上がり、自己紹介をした……「老洪《ラオホン》と申します。無職の遊民で、阿才翁の古くからの友人です。よろしく」老洪さんは遠慮深く許尚智に席を譲った……二人はすまなく思いながら位置を変え、ベットの縁に腰を下ろし、阿才の容れてくれた鉄観音を飲んだ。

「簡先生は、どこにお住まいかな?」

「以前は打銀街に住んでいましたが、家が取り壊されので、現在は万福庵の近くに住んでいます」

「オオ! 打銀街の簡家の簡坊ちゃんですか? すると、金魁舎《チンクィシャ》は叔父さんでは? 以前、城家の作男だった時、いつもお屋敷に行って、力仕事をしたことがある。では、あなたは総領の安礼舎《アンリシャ》のお子さんですか?」と阿淘の家の内情を知り尽くしているようだ。

「そうです! 安礼舎は父です」と阿淘は謹んで言った。

「あなたの簡家は開明進歩派の地主で、全く汚点のない家系だ。立派、立派!」と老洪さんは面白がった。

「ではお二人は、この龔梨花《ゴンリーホワ》さんと同業ですね。龔さんは嘉義《ジャイ》の安浦《アンブー》国民学校で教えています」

老洪先生は、わざわざ、こう二人に紹介した。龔さんはかなり外向的な人で、遠慮なく真っすぐに二人を見て、かすかに点頭した。

ズッと気がかりだったのは老洪先生のことで、第一、天下に一人として姓を「老洪」と名乗る者はない。明らかに、これは仮名だ。また無職の遊民というが、彼の着ている物から察すると資産階級に属し、少なくとも社会的に地位があり身分がある人間であることには疑いがない。阿才は日本語はあまり話せず、正真正銘の府城の方言しか口にしない上、阿淘らも台湾語を使って話すのにも慣れていないので、会話のなかに時に日本語が混じることになるが、老洪さんの日本語の発音は完全で、訛がない。本場の東京言葉だ。日本に留学したことがあるに違いない。この老洪先生と阿才爺さんとでは社会の階級上、大きくかけ離れているのだが、どのように出会って一緒になったのだろうか。二人の関係は水と乳のように溶け合っているように見える。阿淘には、いくら考えても解けなかった。

「阿才さん、この前、あなたから買った『群衆』はとても面白かったです。ほかの本はないですか？　世界の新しい文学潮流とか、祖国語に翻訳した外国の小説とか？」と許尚智が聞いた。

「雑誌の新しいのはないが、ここにあるパンフレットはとても面白いよ。島内で翻刻されたものだが、今日は簡坊ちゃんを連れて来たから、一冊ずつ差し上げよう。しかし、代金は要らないよ。読み終わったら、ほかの人に回すのを忘れないでね！　読む人が多ければ多い程、わしたちの再解放運動の助けになるからね」

阿才爺さんは二人に二冊の本を呉れた。一冊は『新民主主義』（毛沢東著）で、もう一冊は『聯合政府を論ず』（同）だったが、惜しいことに著者の名前が書かれていなかった。

「苦難の中国人民はただ、この二冊の本を指針として、国共間の戦争をなくし、正しい再建の大道を歩こうとしているんです！」と老洪さんは、わざわざ二人のために注釈を加えた。手にしたのはまた政論の書だったので、あまり興味を感じなかった。自分が切に求めていたのは祖国の文学に関する本だったからだ。

「私がソ連文学を探して上げますよ。今、上海のソ連新聞処がかなりの数のソ連の小説を翻訳して出版していますよ。こんどいらっしゃる時までに、ここに預けておきますよ。それでよいですか？」と老洪先生は懇《ねんご》ろに言った。この人は感が鋭く、文学や芸術の潮流にも通じているようだ。阿淘は彼に対して言い難い好感を抱いた。

歩き始めると龔梨花さんが近づいてきて耳打ちをした……「簡さん、私も文学が好きです。後日、その本を貸していただけないでしょうか。あなたが『中興日報』の日文版にお書きになっている短篇を、ズッと読ませていただいています。一度、あなたの作品について話し合うことはできませんか？」これには阿淘は、ひどく驚いた。この「野の人」である女教師が文学に趣味があるとは夢にも想像しなかったからだ。

「お住まいが嘉義の中浦《チョンプー》郷だと、遠くて不便ではないですか？」と阿淘には辞退したい気持ちがあった。

「休日があります。それでよいでしょうか？」と言って彼女は真っ白な歯を出して、嫣然《えんぜん》と笑った。いくらか媚びるような趣きがあった。年若な女性との会話に慣れていないので、阿淘は黙って頷くだけだった。そして略図を書き、わが家の位置を説明し、もし探し当てる自信がないのなら、鋒国民学校に手紙を下さい、そうしたら駅に迎えに行く、と言い含めた。

阿才爺さんの家を出る時には、空は全く暗くなり、阿淘はまた「米街」街頭の「石鐘臼」で一皿の米糕と魚丸湯を喉に流し込み、ようやく家に帰った。

3　辜雅琴

阿淘はどのように「聖恵《シャンホイ》歯科医院」の三女の辜雅琴《グーヤーチン》と知り合ったのか、忘れてしまった。彼女が先に自分に近づいて来たのか、自分が先に策を弄して彼女に近づいて行ったのか。要するに、自分の方からは彼女の家に行かなかった。彼女が自分に会いたい時には必ず手紙を寄こし、都合のよい時間を約束した。自分の方から彼女の家には行かなかった理由は簡単で、彼女の家が父祖三代のキリスト教長老会の信徒で、加えて彼女の父親の辜本立《グーベンリー》先生が府城の「太平境《タイピンチン》」教堂の著名な長老の一人だったからだ。阿淘の家は敬虔純粋の仏教徒とはいえず、一家の信仰は道佛混合だったが、女性たちは肉を摂らなかった。簡単に言えば、聞いている限りでは彼女の家の気風は伝統的な台湾の古い生活様式とは違い、自分の嗜好に合わなかったからだ。次に彼女の家に行き、会おうとすると、次々と難関を突破する必要があった。彼女の父母は開明的で、彼女が男友達と交わるのを禁止するような蒙昧さはなかったものの、厳格な検査を通過し、選ばれなければならなかった。それについては、自分は少しも気にならなかったが、時に辜本立先生による「口頭試問」があり、これが反感を起こさせたのは事実である。キリスト教徒でない人に会うと、彼らには、一点、懐疑と排斥の念が起こる。それは彼らの挙動から看取することができた。日本による植民統治下、特に太平洋戦争中は長老派の教徒は特別な監視と圧迫を受け、甚だしきは日帝によって米英敵性国家の「第五列」と疑われ、つらい苦難の日々を過ごしているからだ。光復後、宗教の自由は復活したものの、彼らはなお一抹の警戒心を持っており、理解できることではあった。

辜雅琴嬢は府城女子中学校の三年生で、一七歳になっていたと思われる。背は低く、か弱く繊細で風にも耐えない様子で、決して美しいとは言えなかったが、長老派の敬虔な家庭に育った、この一輪の暖房の中の花は聡明で、人間の苦しみを理解していた。聖書は恐らく一冊の偉大な教科書だったに違いない。深窓の中に幸福に育った女の子が、どうして人の生老病死に対する徹底した理解と深刻な人道主義的な思いやりを抱くようになったのか、これこそ、自分をウットリさせる点だった。

阿淘は全く彼女を異性とは見ていなかった。彼女の肉体の美に吸引されたのではなかったからだ。ただ、彼女と雑談するのが楽しく、或る時、キリスト教などの外国の宗教が台湾に入って来た功罪を遠慮なく論《あげつら》うことがあったが、彼女は決して反論せず、微笑しながら、ただ真摯に傾聴していた。その聡明な黒い眼差しは阿淘の魂のすべてを吸い込むかのようだった。或る時など、魂のすべてが彼女のか細い、痩せた、小さい身体の中に溶け込んで行くかのように感じられたことさえあった。

彼女より五、六歳、年上だったので、彼女は阿淘を「兄さん」と呼んだ。本当の妹のようで、或る時、ヒゲを剃るよう自分に勧めたことがある。自分は特別にダラシがないとはいえないとしても、特別にサッパリしているとも言えなかったが、辜雅琴のような綺麗好きの女性から見ると、辺幅を整えない一類だったのだろう。

その日、彼女との約束で鋒国民学校の音楽教室に行った。これは幾冊かの『群衆』や『文萃《ウェンツイ》（文集）』などの雑誌を彼女に手渡し、ともに読むためだった。彼女はピアノと文学とに対して強い興味を持ち、祖国の文章への読解力も自分よりすぐれていることを知っていたからだ。赤線を引いた部分の意味を彼女に聞くと、彼女はいつも日本語と台湾語を使って説明し、視界がパッと開けるような感じを味わった。その上、彼女の台湾語は台湾語を用いるのを習慣とする長老会の家庭教育に根源を持ち、飛び切り見事で、光復後に再学習した、ギコチない代物とは比較にならなかった。

日曜日の学校はシーンと静まり返っていたが、玄関に足を踏み入れると、三階の音楽教室からドビュッシーの「月光」の曲が流れて来た。その不調和の音が大小バラバラと雨だれのように心底に落ちてきた。彼女の曲に対する解釈は、重い気分の起伏を伝えていたが、時にはリズムは非常に自由になった。彼女の演奏の技巧が一定の水準に達しているかどうか分からないが、阿淘がいつも彼女の演奏を聴いて恍惚の境地に引き込まれたのは事実である。

ちょっと薄暗い、広い教室の中に辜雅琴は優雅な、小さい白鳥のように静かに座っていた。

「阿淘兄さん、少し来るのが早かったので！」と彼女は物静かに言った。

「最近はどう？　このところ何週間も会っていませんが、背丈が伸びたようですね」と印象を述べた。この年頃の女性は変化も成熟も早く、一月余も見ないうちに、彼女はさらに青春の光彩とあでやかさを増していた。

「資産階級はよく食べますから」と意外、このような言葉が突然、彼女の口から出たのには、阿淘は驚かされた。

「さらに美しくなったと言ったんで、肥ったとは言ってはいませんよ！」と急いで言訳をした。

「分かっています」と彼女はツンとして言った。

手にしていた雑誌を手渡したが、彼女は阿淘が期待していたような興奮を示さなかった。

「言葉の意味を聞きたいのですが、例えば、この《長征》という言葉の意味は？」と指さして示した。

「はい、これはですね、中共が瑞金《ルイチン》にソビエトを組織した後、国民党の第三次の包囲討伐を受け、その包囲を突破、二万五千里を歩き、最後に延安《ヤンアン》に新しい拠点を作った、あの曲折に満ちた話ですわ！」と淀みなく答えた。

「これらの雑誌を皆、見ているようですね？　それとも、これらのこと誰から聞いたんですか？」

いぶかしく思い、さらに「まさか学校で？」と尋ねた。

「一部分は先生に質問して得た知識です。けれども、先生たちはみんな共産党を好きではありません。話が《共匪《ゴンフェイ》》のことに及ぶと、歯ぎしりしながら、一口に嚙み殺すことのできないのが残念と言っています」と辜雅琴は無表情で、冷やかに言った。

「これらの雑誌は誰が見せたんですか？」と、再び尋ねた。

「……」彼女は軽く微笑んで、それには答えなかった。

「内地の国共双方は交渉したり戦争をしたりしていますが、私は最後の勝利は窮苦している偉大な人民に帰すると信じています。私は苦難を味わっている中国人民のために犠牲になりたいと願っています」と彼女は決然として言った……「唯窮苦している台湾の民衆と、苦難を味わっている祖国の広大な群衆が一致団結、衆知を集め力を合わせ、腐敗落伍の旧軍閥を覆せば、中国は富強で安楽の道を歩み、人間天国のユートピアを打ち建てることができます」

阿淘にとって、これまで、このように若い女性が、このような決然とした信仰と思想を持っているのを見るのは初めてのことだった……これは許尚智との情況とは、いささか違っていた。二人は以前、カウツキーやエンゲルスの古典も読んだことがあるが、すべて教養書の一つとして読んだもので、その上、自分たちにとって祖国の大陸はどうしても不案内の感じが拭えない。祖国は自分たちにとっては、やはり遥かな異郷に過ぎず、実際生活においても関係がない。抑圧され、搾取された広大な中国民衆に同情しつつも、より心に懸かっているのは、どのようにして陳儀《チェンイー》の悪政から解放を獲得できるか、ということだった。阿淘たちの台湾民衆の再解放運動は全然、祖国大陸の解放運動と連携することを求めていなかった。四百余年に及ぶ台湾の歴史は、すでに台湾人を共同の歴史の命運に結合、したがって台湾人自身が起ち上がってこそ「台湾人の台湾」という一個の天国を建設できると信じていたからだ。

「ソ連の歴史を知っていますか？　ソ連の人民専政が、のちにスターリンの独裁に変わったのを知っていますか？　スターリンが、どんなに彼の革命の同志や無実の多くのロシア人民を迫害したことか。あなたが愛する大陸の同じ党が同じ轍《てつ》を踏むとは恐れませんか？」と彼女に冷や水を浴びせてみた。

「ありえません。党は過ちを犯しません」と彼女は自信ありげに言った。

阿淘は改めて白衣で黒色のスカートを穿いた、異常に穏やかで美しい辜雅琴をシミジミと眺めた。彼女の脳裏に、どのようにして、このような信仰が生まれたのか、分からなかった。彼女の家系や宗教的な背景からは全く発生不可能なことが発生したのだ。彼女がどのようにして社会的な地位が高く優雅に暮らしている資産階級の生活と、貧窮者の悲惨な現実とを心の中で調和し、矛盾のないハーモニーを手にいれることができたのか、阿淘には理解できなかった。しかし、彼女の様子を見ると、その信仰と実際生活の間にどんな矛盾があるのか、少しも自覚がないようだった！

「阿淘兄さん、今日は一つ、お願いがあるの。来月初め、《太平境《タイピンチン》》教堂でピアノの独奏会を開きたいのです。ショパンとシューマンの作品が主なんですが、記事を書いて、劉さんにお願いして、『中興日報』の日文版に載せていただけないでしょうか」と彼女はようやく人が変わったように魅惑的な顔に戻った。芸術に対する執着はなお残っているようだ。

「分かった！　ピアノの演奏技巧には疎《うと》く、拍子さえ取れないが、コルトーのレコードなら何度か聴いたことがある。通り一遍な印象記なら、問題ないよ」と快く応じた。

「本当にありがとう！」と彼女は阿淘の手を取り、嬉しそうに笑った。

「あなたが幸せそうで嬉しい！」と阿渹は憂わし気に言った。彼女が芸術に夢中になるのは嬉しかったが、異常に頑なに凝り固まった信仰に執着しているのには、どうも感心しなかった。それは、とどのつまりは知識人の理性や、その自由な批判的態度に反するものだ。懐疑と理性こそ、近代知識人の社会参与の基本的な態度というべきではないか。

4　本順兄さん

自分は彼のことを本順《ベンシュン》兄さんと呼んでいるが、実際は事実とは異なり、耳障りかも知れない。しかし、自分がそう呼ぶのは、彼への敬意を表すためである。実際、彼は二〇歳前後の若者に過ぎないのだが、「労働人民の息子」という言葉を想起する時、常に念頭に浮かぶのは、本順兄さんの骨節いかつい、傷痕《きず》だらけの大きな手だからである。彼は木の匠《たくみ》だが、「大きな木材」を使って家を建てる大工で、家具類を作る指物師ではない。重い材木を担ぐので肩に圧力がかかるせいか、大体は背をかがめて歩いている……四角な顔面にも木切れが当たって、あちこちに腫れあがっている個所がある。

本順兄さんは早くに結婚し、数ヵ月前に生まれた子供もいるようだが、これら家族に関することは全く自分に話したことがなく、別の人から耳に入ったものだ。

本順兄さんは「大銃街《ターチョン》」の悪臭の漂うドブに沿った、倒壊寸前の木造家屋に住んでいた。周囲に豚を飼っている家が何軒かあり、辺りは不潔で、後ずさりしたいところである。自分は彼の家に行ったことも、またその機会もなかったが、ただ街頭で彼が忙し気に自転車を漕いでいるのに出会った時、手を挙げて挨拶を交わすだけだったが、急いでいない時は自転車を停めて、少しばかり話をするが、その話しぶりは丁寧だ……彼は知識人、特に学校の教師に大きな期待を抱いているようだ。彼は知識の力だけが世界を改造、貧窮者の境遇を改造することができるものと信じているらしい。これまでの生涯で、彼のように、本当に知識こそ力だと信じている人を見るのは稀で、彼自身、向上心が強く、日本統治時代には学ぶ機会がなかったが、光復後は自習によって容易に祖国の大陸から来た本を読解できるようになっていた。しかし、それは歴史や社会運動史の類で、文学には不案内だった。だが、文学もまた民衆の精神の構造を改造する上で極めて重要な効能があることは理解していた。彼は阿淘の感情を尊重し、あきらかにその文学に対する執着にも敬服していた。

彼の明晰な思考と人に対する情の厚さは平和的に共存していて、この上なく憎んでいる金持ち、また彼を雇用する主人に対しても真心を込めて接していた。

自分の生活世界はもともと彼の生活軌道とは無縁な関係にあった。阿才爺さんを知ってから間もなく、実に奇妙で唐突な仕方で本順兄さんは自分の生活環境の中に入って来たのである。

或る日の午後、駅正面の中興日報社に行き、原稿料を受け取り、その上、ポケットに数百元あったので、米を買うため、急いで「普済殿《プーチーディィエン》」近くの米屋に向かって、頭を低くして道を走っていた。光復後、間もない時代、米価はまことに不安定で、一日のうちに数倍跳ね上がることがあった。手に金を握りしめて道を急いでいる理由だ。米さえあれば、すべてよく、餓死する心配はない。一袋の米を担いで「百福《パイフー》」米店を出ると、一台のボロ自転車がこちらに向かって来た。後ろに長短様々な木の板を積み、騎《の》っているのは若い男で、阿淘を見て急停車した。阿淘は青年の方が気づいて停まったことに気づいていなかった。

「簡先生、お暑いのに、米を担いで、お帰りですか？」この若い男は阿淘が誰なのか、ハッキリ知っている按配《あんばい》だ。

「阿順《アシュン》と申します。大工です。以前、許尚智さんの家で力仕事をした時、お会いしたことがあります」彼はまことに丁寧に自分を紹介した。

「これから《宮古座《コングツオ》》の辺りに仕事に行きます。その米袋、代わって持って行きましょう」と彼は言った。

「どうして《萬福庵》から《宮古座》の辺りまで運んで行くのを知っているんですか？」と驚いて言った。

「……」ただ笑うだけで何も言わなかった。米袋をサッと受け取り、重なった木の板の上に荒縄でシッカリ結わえ付けた。

「簡先生、急ぐので先に行きます。老洪先生に言い付けられました。先生のために買ったソ連の翻訳小説、機会があったら、直《すぐ》にお渡しせよと」この若い大工が老洪先生を知っているとは意外だった。

彼らの間に一体どのような関係があるのか、推測さえ出来なかった。

「そのこと、阿才さんも知っているんですか？」と、また新たな疑問が生まれた。

「……」彼は依然として言葉を発せず、申し訳なさそうに頷き、肯定しているようでもあり、否認しているようでもあった。もともと、お喋りの好きな人間ではないようだ。

本順兄さんは自分のために尽力する機会を得たことを非常に喜んでいるようで、一陣の風のように自転車に乗って走り去ってしまった。自分はもともと老洪さんのことや、さらには、どのように本を渡してくれるのか尋ねようと思っていたのだが、話さなければならないことは、すべて言ったと思っているようで、せわしなく仕事をするために行ってしまった。

阿淘は手ぶらで、心中の重い負担を下ろしたように、ユッタリと歩き始め、非常な慰安を感じて何となく路地の入口を出ようとすると、遙か向うの方に真っ赤な苺で飾った麦藁帽子が見えた。これは甘端月《ガントワンイエ》姉さんの公認のブランドで、府城でこんなスタイルの麦藁帽子を被っている若い女性は一人もいない。彼女は背が高いが、たおやかで派手な美人だが、彼女に引き留められたくなかった。彼女の自分に対する吸引力は否定しないが、彼女の長広舌は真っ平だった。街中ところ構わず滔々として絶えることなく、数時間話しても尽きるということがないからだ！

5 甘端月

甘端月姉さんは獲物が罠に入って来るのを待つ猟師のように、この時、自分という獲物が彼女の手の中に飛び込んでくるのを見て喜び、眉を開き、眼に笑みを浮かべた。彼女の家で、どれくらいの時間、待っていたかどうかは知らない——さきほど米を買いに行った「百福」米店の主人は彼女の長兄だった。申し分のない暮らしで、彼女は一日中、府城の路地をうろつき回っていた。彼女は独特の服装をしていた……舞衣のような真っ白な、地面を引きずるようなスカートをつけ、バレエをする時に穿く、長い靴ひもを付けた、先の尖った靴を履いていた。彼女は小さい時からダンスが好きで、小学校を卒業すると、日本に行き、聞くところに拠ると、日本の著名なモダンダンサーの石井漠《ばく》に師事、一〇年の長い歳月、ダンスを習ったとのことだ。太平洋戦争が始まると間もなく、老父が病死、長兄が跡を継いだが、彼女の学費と生活費を出すことに同意しなかったので、台湾に戻らざるを得なかった。彼女の境遇について知っているのは、これ位のことだが、彼女はどうして他の娘たちのように、家のなかにおとなしくしていないのか、或いは何らかの仕事を求めて生活しようとしないのか。それは彼女の個性に関係していると阿洵は推測していた。彼女のこの世界で生きる唯一の目的はダンスをすることにあるようだ……彼女の喜びは満場の拍手のなか、白昼のように照らし出された舞台の上で、跳ねつくして身も心もつき、或いは舞いつくして心労の末、舞台の上で命が絶え、ふたたび起ち上がれないことにあるようだ。

しかし、光復後の台湾は荒れ果てた、飢餓に見舞われた世界、どうして彼女の夢想を容れることができようか？　彼女は才能を発揮できる舞台を手に入れることが出来なかっただけではなく、一両人の理解者さえ持つことも出来なかった。光復後間もない時期、何人かのダンサーは創作発表会を開き、水準の極めて高い創作ダンスを披露したが、彼女らは富豪の家の生まれで、公演の費用など意に介さなかった。残念ながら、甘端月の家は路地裏の目立たない米屋に過ぎず、彼女の天才を存分に発展させるだけの財力がなかった……もし彼女に天才があれば、の話だが。彼女が全府城を一つの広大な舞台と見なし、広く人の縁を結び、逢う人ごとに休む暇なく彼女の舞踏芸術を披露、舌と同時に身体も動かし、その場で実演して人々に見させる理由だ。さらに深くいえば、この彼女の風変わりな仕方には、さらに含みがあった……彼女が望んでいたのは、この大海の中から一本の針を探し出すこと、或いはこの全く麻痺した、死んだ霊魂の中に彼女の舞踏や言語を理解してくれる人を見つけること、さらには、その理解者が、もっともよいことには富豪で、財力を提供し、連続して彼女の創作舞踊を演ずることを可能にさせてくれることだった。しかし、全府城をあまねく探しても、舞踏芸術を理解している人をほとんど見つけることができなかった。これまで彼女の実演を見た者はなく、したがって彼女が舞踏の天才であるかどうかもハッキリしなかったからだ。

彼女が全府城で探し当てた知人はまことに少なかった。金持ちは彼女の家柄を軽蔑し、近づかず、また自分のような小知識人は彼女に同情と理解を示したが、それ自身、泥菩薩が河を渡るような境涯、いつも生活のために齷齪《あくせく》している状態で、どうして舞踏芸術について縷々《るる》語る彼女の訴えに耳を貸す余裕があろうか……これこそ、彼女を見ると、皆が鬼に出会ったように避け、急いでコッソリ逃げ出す原因である。しかし、この時、阿淘はバッタリ正面から出会ってしまい、身をかわすことが出来ず、ただ穏やかに挨拶をするほかはなかった。

「甘姉さん、この暑い日にどこへ？」と彼女の蒼白な額に不断に流れ落ちる汗を見、意気阻喪《そそう》するのを感じた。

「阿淘さん、ちょうどよかった。昨晩、一つのテーマを思いつきました。どのように私たち台湾人の伝統舞踊の動きや技巧を、ダンス芸術のなかに組み入れるか、日本人は彼らの歌舞伎の身振りや盆踊りの動作を彼らの創作舞踊の中に組み入れました」と彼女は汗水を真っ白な舞衣のブラウスの上に滴らせながら、狂熱的な眼差しと声調を示して続けた。

「おっしゃることは分かります。あなたは台湾の、台湾の特色に富んだ舞踏芸術を創造しようとしてるんですね。江文也《チアンウエンイン》（台湾の民族音楽家）の音楽、朝鮮の崔承喜《チエスンヒ》の舞踊のような？」

「阿淘さん、あなたは本当に聡明です。私の言おうとしているのは、そういうことです」甘端月は蒼白な顔を真っ赤にした……これはつまり彼女がなぜこのように自分を気に入っているかの理由だ。

「しかし、あなたは台湾の置かれている現代の環境については考えないんですか。どんな芸術も発展が不可能では？　特に舞踏芸術は？　最低生活を維持するにも困難な時、どうして舞踏芸術を支える金銭と時間があるでしょうか。学生を集めてダンスの初歩を伝授しようと思っているかもしれませんが、恐らく実現は不可能でしょう」と心から可哀そうだと思いながらも、本当に思っていることを伝えた。

「手助けしてくれる人さえあれば、どんな逆境にあっても、台湾を舞踏芸術の王国にしたいという私の夢は実現できます……私たち台湾人はこの種の特別の天才を持っていると信じています。三百年の歴史の中で、さまざまな舞踏の伝統を吸収して来ました……たとえば山地の原住民や平埔族《ピンプー》(平地に住む原住民)の舞踊、或いは廟会や民間の各種各様の舞踏はすべて豊富で強烈な地方の色彩《いろどり》を持っています。長所を生かし、短所を補い、上手に整理、総合発展させれば、台湾の舞踏芸術は或る日、必ず初めて花開くと思うんです」と彼女は話せば話すほど熱が入り、手は舞い、足を踏むに至った。

幸運にも、ここは人通りの比較的に少ない路地で、そのうえ午後の燃えるような天気で通る人はほとんどいなかった。路地の入口で話すこと長時間、知り合いの一人にも会わなかった。

「あなたは辜雅琴《グーヤーチン》さんを知っていますか?」と彼女の狂熱を帯びた話を中断、話題を変えた。

「知ってますよ! 穏やかで親しみやすいお嬢さんです。いつもこの普済殿辺りで見かけますわ」

「いつも、この辺りで?」これは阿洵にとって初耳だった。どうしても心の中で彼女と、この薄汚い路地とを結びつけることが出来なかった。

「そうだわ、一度、深夜、背の高い青年と親しそうに歩いて去って行ったのを見たことがあるわ」

甘端月の話は信じてよいだろう。彼女の言葉には、いつもウラがなく、淡白で率直だった。彼女のこの何気ない一句が阿洵を沈思黙考させた。辜雅琴という娘の生活は、阿洵が想像していたような単純なものではなく、複雑に入り組んでいるようだ。

「辜雅琴さんを、どうお思いですか？」彼女は興味深げに聞いた。

「いや！　彼女は《太平境》教堂でピアノの演奏会を開くことを考えているようですよ。聴いていませんか？」と情報だけを伝えた。

「ウーン！　キリスト教会の人はみんな金持ちで、教会を背景にすれば、どんな活動でも容易です。でも、異教徒に対してはとても冷たい」

羨望と嫉妬の気持ちが彼女の顔に浮かび、憤々遣《や》るかたない風だった。

「それは仕方のないことですよ。私たちは私たちで福を求めたらいいのです」と彼女を慰めた。

「人にはそれぞれ自前の見方があって、別の意見を認めようとしません。あなたの友人の黄友徳《ホワンヨウタ》さんもそうです。東京帝大出身の若い秀才で、今、《宮古座》劇場で新劇『逃亡兵』というのを上演しようとしています。その舞台に『皆んなの春（百家春）』という私のダンスを利用していただけないかと申し入れたのですが、拒絶されました」と彼女は悄気《しょげ》返った。

「黄友徳と李昆明《リクンミン》は友人です。今度の劇の一部分は私の書いたものです。分かった、あなたのダンスを幕間に演ずることができるよう、二人に話してみよう。断らないと思う。あなたと親しくなかったので、あまり考えずに断ったのではないでしょうか？」と甘端月の可憐な境遇を見て、惻隠《そくいん》の念が油然と起こり、勇気を奮い起して言った。

「感激に堪えません！」と彼女は爪先立ち、バレエを舞うように旋回して近づき、阿淘の頬に熱い接吻をした。彼女の潤った唇の柔らかさと熱っぽさを感じた。そして、この時、甘端月は純真無垢、世界に稀に見る資質の持ち主ではないかという気がした。

6　赤い靴

一九五一年秋、光復からすでに六年余が経っていた。実をいうと、簡阿淘には光復当初の一時期の生活の細々としたことは、すべて記憶が薄れて来ていた。というのは、彼は府城南の「牛磨後《ニューモーホウ》」街に引っ越すとともに、「鋒国民学校」から「永平《ヨンピン》国民学校」の教師となり、生活圏も「普済殿」、「米街」、「大銃街《ターチョンチエ》」一帯の地域から脱離、それらの古い友人たちと日々疎《うと》くなってしまったからだ。また一九四七年三月に発生した二二八事件も彼に少なからざる知識を与え、思想と実践の間の一条の深くて広い溝——英雄的人物でなければ容易に越えることのできないそれを悟らせた。簡阿淘は自分の肝が鼠のように小さく、空談を喜ぶ知識分子であることを深く悟った。彼は決して英雄などではなかった。ほとんど外出せず、家の中に籠り、毎日孜々《しし》として倦まずに書を読み、文章を書き、祖国語で書く能力を充実させていた次第だ。

その年の秋の夕暮れ時、突然、二番目の妹が大学の友人を連れて帰って来た。台東の人で、宿泊するとのこと。それで止むなく自分の部屋を二人の女性に譲り、自身は父母の寝室に移らざるを得なかった。女大学生とは夕飯を共にし、一時《いっとき》雑談を交わし、それから阿淘は散歩に出た。「大井頭《ターチントウ》」付近の「皇后映画館」に近づくと、大きな看板が彼の眼に飛び込んできた。今晩上演する『赤い靴』という名の英国映画の広告で、英国の一人のプリマ・バレリーナが自身の体験を演じたもののようだ。劇の内容は一人のプリマ・バレリーナが愛と芸との相克の中で、最後には赤い靴を履いて投身自殺するという話を描いたというもので、その話は阿淘に甘端月のことを思い出させると同時に、とてもロマンチックな気持ちにさせた。その大きな看板は、街の絵描きの誰が描いたものか分からないが、バレリーナは清らかな玉のようで、その真っ赤な靴は満開のハマナスの花のようだった。

券を買って入り、映画館の薄暗がりの中で初めから終わりまでストーリーに陶酔し、最後には眼に涙が溢れた。バレリーナのための涙だったが、やがて自己への憐憫と変わった。光復以後の幾年かの不遇の日々が思い出されて悲嘆に襲われた。辜雅琴、許尚智、阿才爺さん、それから結局、本を借りに来なかった田舎の女教師、龔梨花のことが思い出され、感傷的になった。

映画館を出た後、武廟《ウーミャオ》（関帝廟）の上、空高く掛かった秋の弦月を涙眼朦朧と眺めながら、阿淘は心の中で『赤い靴』の美しいシーンのあれこれを名残惜しそうに反芻していた。家に帰ると、家人は皆眠りに就いていた。静かに父母の寝室に入り、寝具を床に延べて休もうとした。その時、阿淘は軽く門を叩く音を聞いた。それだけではなく、「簡先生」と呼ぶ声も聞こえた。こんな時間に誰が会いにきたのか？ ムッとしたが、幸いまだ寝間着に着替えていなかったので、さきほど脱いだばかりの靴を履き直し、父母を起こさないように、抜き足差し足で玄関に向かった。

ドアを開けると、学校で子供たちの髪を刈っている床屋の楊雙冬《ヤンシュアントン》が、そこに立っていた。二〇歳にもなっていない男で、職業は床屋だが、本人自身は頭髪がほとんどなく、黄色いか、それがかなり薄いので、毛を抜き取られたヒヨコのように見える。戦争中に患った熱病の後遺症によるものだということだ。楊雙冬は阿淘を見て喜びに堪えないようだったが、阿淘には声をかけず、後ろの暗がりに隠れている男としきりに声を交わしている。

「身体を探れ！」と暗がりに隠れていた男が楊に命じた。

「はい！」

楊は少しの遠慮もなく阿淘の身体を抱え、空いている手で上下に探った。

「何をするんだ？」と驚いて、床屋の禿げ頭を強く打った。

「先生、怒らないで下さい。俺のすることじゃないです。役所の人が案内しろ、と。案内しなければ俺を仲間として捕まえると言うんです」と楊はわけなく打たれて、泣きっ面となった。

「役所？　捕まえる？　誰を？」と阿淘は当惑した。

この時早く、かの時遅く、暗がりに隠れていた屈強の男が憐れむべき楊雙冬を推しのけ、どこから持ち出したのか、何も言わず、阿淘の両手に手錠を掛けた。

「ヤッと捕まえた」と男はフーッと息を吐き、半ば阿淘を引きずるようにして前を歩いた。「捕まえた！　と言っているのは俺のことか。それなら、俺を捕まえに来たのか？　一体、俺が何をしたというのか、どんな罪を犯したというのか？」

子供のような無力感が阿淘を捉え、混乱と当惑の深淵に陥れ、おとなしく男のするがままに任せた。

いつの間にか路地の入口に来ていたが、そこでハッとした。一台の赤い色をしたジープが深夜の「銀座通り」の大道に静かに停車しているのが見えたからだ。

赤い色をしたジープは警察局のもので、運転手らしき者が待ちくたびれたのか、しきりに欠伸をしていた。物憂げに阿淘を一瞥、飽き飽きした様子で二人が乗車するのを待っていた。

「簡先生、自分は彼らがあなたを捕まえに来たとは知りませんでした。二人は唯、自分たちは簡先生の友人だ、先生のところに連れて行け、と言ったんです。分かって下さい！」と床屋は遠くから大きな声で叫んだ。

「黙れ！」と屈強な男が冷やかに唾を飛ばし、阿淘を力を込めてジープに推し込んだ。しかし、腰かけさせず床に蹲《うずくま》らせ、手で強く頭を抑えた。そのため、首を引っ込めた亀のようになった。

夜はうすら寒く、ジープが速度を上げるに従って、一陣の冷風が跪《ひざまず》いている両膝の間から顔にかけて吹き抜けてきた。往昔の楽しかった生活の情景が一齣一齣、映画のシーンのように眼前に閃き、消えて行った。阿淘は滂沱《ぼうだ》と流れ落ちる涙を抑えることができなかった。しかし、どうして捕まえられたのか、いくら考えても分からなかった。

7　審問

ジープは静まった夜の街を疾風《はやて》のように走り抜け、「大正公園」のロータリーを一曲がりして警察局に着いた。深夜一二時過ぎの警察局は邪神を祀る廟《びょう》のようで、門はなお開いていた。罪業が重い人間を一口に呑み込みそうな気配だった。阿淘を捕まえた刑事の手は肩の上に置かれ、後ろから彼を推した。ボゥッとして操られるまま、精神も知恵も働かず階段を上がった。絶望し、意気阻喪し、全身から力が抜けていた。

小法廷に着いて刑事がドアをノックすると、中から山西《シャンシー》訛の強い大きくとおる声が聞こえて来た……「簡阿淘が来たか？　入れ」

入ると、間違いなかった……そこは正しく小法廷で、高い壇上に五〇歳前後の、軍服を付けた、屈強な男が背の高い椅子に座っていた。階級は少将で、阿淘は仰ぎ見ないでは、この特務頭《とくむがしら》の顔を見ることができなかった。特務頭は彼の存在など忘れ去ってしまったかのように、立たせたまま、テーブルの上の英文の本を朗読していた。傍若無人といってよかった。彼の英語は正確で誤りがなく、優美だった。その間、阿淘の心の中には一層、悲痛が濃くなって来た。一〇分ほど過ぎたところで、その英語の片言隻語から、それがシェイクスピアの『マクベス』の一節であることに気づいた。

特務少将は陰鬱な声で朗読を続けていたが、突然、本を下に置き、測ることのできないほどの深い、炯炯《けいけい》とした眼を開いて阿淘を見て質問した。

「国に叛いた事実に覚えがあるか？」この突然の質問に阿洵は驚き、忽ち陰惨な夢から醒めた。

「国に叛く？　自分が？」危うく笑い出すところだった。

「お前は叛徒である台湾省改造委員会の主任委員呉多星《ウートオシン》の秘書だな。言うことがあるか？」と猫が鼠を弄ぶような凶悪な笑いを含んで言った。

「呉多星、全く知らない名前です」と阿洵はキッパリ答えた。

「フン！　フン！　呉多星を知らないというのなら、阿才、李本順、龔梨花などの叛徒は知っているな、どうだ？」と心地よい、ビロードのような猫撫で声で言った。

「知っていません。友人でもない。たまたま本を買いに行って、少し雑談しただけです」と阿洵は反駁した。

「では辜雅琴は！　もっとも親しい女友達ではないのか？」

「女友達ではありません。音楽が好きで、行き来しただけの友人です」

「ウーン、よく御託《ごたく》を並べるな。それじゃ、お前は潔白となる！　なぜ別人ではなく、お前が捕まえられたのか？　お前は卑劣な叛徒だ。本当のことを話していない。あとで、痛い目に遭うぞ。正直に話せば、何事もない。お前はまだ若い。後悔して本当のことを言いさえすれば、国家は、お前を粗末にせず、生計《くらし》が立つようにするだろう。どうだ？　組織のことをスッカリ話せ！」

「さきほど挙げられた人物については、自分はたしかに知っていますが、友人だとは考えていません。光復後の一時期、行き来したに過ぎません。阿才さんについては、何冊かの中国語の本を買いに行き、読んだだけです。老洪という人も阿才老のところで何度か顔を合わせただけ、また龔梨花さんも一度、お会いしただけです。本順さんは、わが家で働いている真面目な大工です。彼らは皆よい人で、何を組織と呼ぶのか、分かりかねます」と阿淘はいささか怒気を帯びて大声でわめいた。心がギクシャクして涙が溢れんばかりだった。

「オイ！　オイ！　何冊かの中国語の本を読んだ？　それは、どんな本だ？」

「一冊は『新民主主義』とか言い、もう一冊は『聯合政府を論ず』とか言った」とハッキリ答えた。

「バカもん！　二冊とも匪賊頭《ひぞくがしら》の毛沢東が書いた本だ。くだらない、筋が通らない本だ。これらの本を読んだということは、お前が叛徒だということだ！」と特務少将は怒りで顔が真っ赤、英語の本を何度かテーブルに叩きつけた。

「けしからん奴らだ！　何人かのロクデナシが集まって政府の転覆を考えるとは、本当に物事を知らない奴らだ。お前は一九四五年からズッと彼らと一緒で、組織内の重要なメンバーだったのは確かだ。何か、言うことがあるか！　叛徒箇阿淘、もう決まりだ！」と特務少将は高ぶって言い放った。

「自分は、あの二冊の本を買った時、全く毛沢東の本だとは知らなかった。あの頃は国共の和平交渉の時期で、彼の本を読めば罪になるとは全く言われていませんでした。もう一度、言わせてもらいますが、彼らと往来があったのは光復後の数ヵ月間で、その後は、ありません。この数年来、彼らが何をしているのか、またどこに住んでいたのかも知りません。どうして彼らと継続して往来がないのに、彼らの組織の一員であることができるんですか？」と阿淘は怒気を発して反論した。

「オイ！　オイ！　政府は何度も自己更生の道を用意し、お前らのような叛徒たちが自首しやすいようにして来た。しかし、お前は匪賊頭の本を読んでいたのだから自首すべきだったが、しなかった。つまり、叛徒たるお前の行為は今日まで継続して絶えなかったことになる。だから、法律上、お前は光復以後ズッとこれまで匪賊組織台湾省改造委員会に属するメンバーということになる。しかも、古参の叛徒だ！　ハッ！　ハッ！」特務少将は「古参の叛徒」という言葉をひねり出して、得意満々の様子だった。

簡阿淘の絶望と無力感は、千キロの鉛が彼の心身に重くのしかかるようで、再び立つ気力がなく、人が脱け出た毛布のようにグニャリとなっていた。

特務少将は眼を使って刑事に阿淘を持ち上げさせ、引いたり推したりしてドアの外へ出した。何歩も進まぬうちに、鉄製のドアの前に来た。ドアは耳を刺すような音を出して開き、阿淘の背後で閉まった。

それは留置所内の監房で、もっとも左の部屋が阿淘の居室だった。この鉄柱に囲まれた監房の中で、昼夜も分別できない、一ヵ月に及ぶ、長く苦しい時間を過ごすことになった。何度かに及ぶ尋問に疲れ果て、自白書を書き、その供述書に署名、捺印した。ようやく一段落着いたようだった。

一九五一年一〇月、阿淘は他の数十人の政治犯と一緒に台北に護送された。そして保密局内にある秘密監獄で暗澹とした一年の不遇な時を過ごし、遂には軍事裁判所の留置所に護送され、判決を待つ身となった。

阿淘はこれまで災難に遭った友人たちを見たことがなかった。ただ府城の警察局に収監されていた一時期、深夜常にこの世にあるまじき悲惨な、苦しい叫び声を聴いた。或る看守によると、頑固な老叛徒阿才が事実を吐かず、拷問を受けて発した悲鳴とのことだった。阿才は痛めつけられ、すでに気息奄々《えんえん》らしい。

もう一度、軍事裁判所の留置所の中でのことだが、晴れ渡った冬の日、部屋から出されて、運動場のトラックをめぐっていた時、たまたま頭をもたげると、三階の女性監房の窓から白いハンカチが懸命に振られているのが見えた。自分たちを励ましているようだった。かすかながら、彼の名前を叫んでいるのが聞こえた。しかし眼鏡をかけることは許されていなかった。六百度[26]の裸眼で懸命に頭を上げて見たが、ボンヤリとした人影がそこにあるだけだった。女性の身体はいくらか逞しい感じがする。もし淑《しと》やかな辜雅琴なら、決してこんな冒険をする筈がない。とすると、龔梨花が自分に挨拶を送ったのに違いない。とはいえ、たしかとはいえなかった。しかし、温かな思いが彼の心頭に湧き上がってきたのは事実だ。

8　判決

一九五三年の春、阿淘は法廷に連れ出された。彼を護送して来たのは兵士たちで、彼の背後でカービン銃の引き金に手をかけ、不断に鳴らし、人を恐れさせる死の声を発するので、全身慄然、身体がほとんど動かなかった。

第一回の法廷では、軍事検察官は彼を指して重要な匪賊分子とし、前《さき》には台湾省改造委員会の省委員となり、後には台湾省改造委員会主任委員呉多星の有能な助手となり、一九四六年以来、呉多星の秘書であり、反逆の事実は絵のように歴然としているとなし、法廷は極刑と判決を下し、世界から隔離せよと求めた。

簡阿淘の抗弁は声涙ともに下った。自分は光復以後、始めて祖国の文物に触れた一人の台湾の青年に過ぎず、大陸の政治状況については一つも知るところがなかった。一日も早く祖国の言葉と文章に通じ、真っ当な中国人になるために、夜を日に継いで祖国の言葉と文章を学習した。そのために、至るところから祖国から渡来した中国の書籍を借りてきて精読した。国父の『三民主義』も大いに努力して理解することができた。国父の『三民主義』では、こんな一句を読んだことがある……「民主主義は共産主義である」。そのため、毛沢東の『新民主主義』を、誤って『三民主義』の解説書と考えた次第だ……実際、国父の民主主義は新民主主義と多くの点で同一の理論のように見えた。呉多星と阿才老がどういう身分であったかに至っては、彼らはそれを自分に一度も言ったことはなく、また自分も知らない。ただ尊敬すべき先輩だと見て来ただけだ、と。

彼の陳述が終わると、軍事検察官と裁判官の顔に、ある種の曖昧模糊とした苦笑が浮かんだ。それが阿淘の陳述が荒唐無稽のデタラメなために起きたものか、そうでないのか、彼にとって永遠に知る方法がないことだった。

一ヵ月余した頃、また法廷に引き出された。今度は裁判官は三人で、尋問は詳細に渡った。軍事検察官は今度は恫喝しなかったが、何度も簡阿淘が罪を受けるべき叛徒であることを強調し、重罪を科すことを求めた……措辞は以前と比べて穏やかになっていた。主席裁判官は仔細に阿淘の境遇を問い、読書の経緯から呉多星や辛阿才などと知り合い、往来したことにまで及んだが、決して彼の陳述には反駁せず、またその拙劣な北京語による答弁も、述べるのに任せた。およそ、一時間弱で終わり、阿淘は監房に連れ戻された。

一九五三年七月、彼は一通の判決書を受け取った。


台湾省保安司令部判決（42）審三字第八十八号

公訴人　本部軍事検察官
被告　**簡阿淘**　男　年二十九歳　台南人　台南市中区裴亭里民族《ペイチンリーミンツー》五巷十九号ニ居住、教員ヲ業トス　拘留中
右被告ハ匪諜検粛案ニ違反シ、軍事検察官ヲ経テ公訴ヲ提起セリ　本部ノ判決、左ノ如シ

主文

簡阿淘ハ匪諜ト明知セルモ密告セズ　有期徒刑五年ニ処ス

事実

簡阿淘ハ民国三十五年秋、已決ノ叛徒辛阿才ヨリ『新民主主義』・『聯合政府ヲ論ズ』・『文萃』・『群衆』等ノ反動出版物ヲ贖《アガナ》ヒ閲シ、復《マ》タ辛匪ノ紹介ヲ経テ匪賊頭ノ呉多星ヲ識リ、累《カサ》ネテ台湾ノ政治ノ良カラザルヤ物価ノ流動等ノ反動ノ言論ヲ講ズルヲ聴キ、三十六年「二二八」事変ノ翌日、呉匪復《マ》タ其ノ家ニ往《ユ》キ、告グルニ台北ニ暴動ノ発生セルヲ以テシ、青年ヲ聯合シ、政府ニ反抗スルヲ嘱《ショク》ス、因ッテ呉多星、辛阿才等ノ匪ナルヲ明知スルモ今迄未ダ政府ニ向カッテ密告セズ
検挙ノ案、国防部保密局ヲ経テ悉《コトゴト》クヲ査《シラ》ベ、該《ガイ》簡阿淘ヲ検束、本部ニ護送ス　軍事検察官ノ声ヲ経テ、感化（矯正教育）ヲ交付《アタ》ヘルヲ請ヒ、並ビニ本部ノ裁定ヲ経テ報ジ奉ル　国防部四十二年五月十八日（42）廉龐《レンバウ》字三二七九号令ノ発シテ還《ナ》ホ偵査ヲ続行、復タ軍事警察官ヲ経テ公訴ヲ提起セリ

理由

被告簡阿淘ハ民国三十五年秋ニ辛匪阿才ヨリ匪ノ『新民主主義』・『聯合政府ヲ論ズ』・『文萃』・『群衆』等ノ反動的出版物ヲ贖ヒテ閲シ、復タ辛匪ノ紹介ヲ経テ匪呉多星ヲ識《シ》リ、其ノ後、呉匪

ハ曾《カツ》テ二、三度、其ノ家ニ至リ、台湾ノ政治ノ良カラザルヤ物価ノ波動等、反動ノ言論ヲ講ジ、三十六年「二二八」事変発生ノ翌日、匪呉多星ハ復タ来リ、告グルニ台北ニ暴動ノ発生スル等ノ事実ヲ以テス　業已《スデ》ニ本部ニ在リテハ偵査、各法廷、犯行ノ一切ヲ認ム、辛阿才、呉多星等ノ匪諜ナルヲ明知スルヲ否認スルト雖《イヘド》モ、惟《タ》ダ該被告ガ曾テ中等教育ヲ受ケ、智識ノ程度ガ甚ダ高ク、既ニ曾テ辛匪ヨリ匪党ノ書籍ヲ贖ヒ閲シ、又屢々《シバシバ》呉匪ノ反動宣伝ヲ聴受セシヲ査《シラ》ブレバ、何ゾ能ク其ノ匪諜ト係《カカハ》ルヲ知ラザランヤ　其ノ抗弁ハ空言ニシテ拠ルトコロナク、顕《アキラ》カニ採用スルニ足ラズ、該被告ハ三十五年秋、即チ已《スデ》ニ辛阿才ヤ呉多星等ノ匪ラシキヲ明知シ、及ビ三十九年六月十三日、戡乱《カンラン》時期検粛匪諜条例ノ公布施行後カラ以テ四十年七月二十八日、辛匪阿才ガ逮捕サレ、及ビ同年九月二十一日、該被告ガ逮捕サレルニ至ル迄、今迄、未ダ政府ニ向ヒテ検挙ヲ密告セズ、自《オノヅ》カラ応《マサ》ニ匪諜ト明知シテ検挙ヲ告ゲザル罪ニ依リ論処（処分）スベシ
以上ノ論結ニ拠リ、戒厳法第八条第二項刑事訴訟法第二百九十一条前段ノ戡乱時期検粛匪諜条例第九条(6)ニ従ッテ主文ノ如ク判決ス

本案は軍事検察官　**秦傳冬**《チンチュアントン》　法廷ニ莅《ノゾ》ミテ職務ヲ執行セルモノナリ
中華民国四十二年七月二十日
台湾省保安司令部軍事法廷裁判官　**彭家棟**《パンジャトン》
右ハ正本ナリ　原本ト違《タガ》フコトナキヲ証明ス

中華民国四十二年七月二十五日

書記官　塗恩堂《トアンタン》

壁

1

どれほど眠ったものやら、簡阿淘は忽然、眼を覚ました。深山幽谷か人跡未踏の地に身を置いたようで、夢の中でサラサラソーソーと泉の湧き出る音を聴いた。事実は眠りが不完全なのが原因で、恐らくは十月下旬の冷やかな空気が毛布から出た両足をしびれさせたものに違いない。醒めかかった眼が次第にハッキリしてくると、今度は払っても醒めない悪夢が彼をとらえ、苛《さいな》みはじめた……彼の身体はなお府城（1）警察局留置所の第八号室にあった。今は何時なのか？　時刻が分からないのは、ここに押し込められた時、腕時計を、眼鏡やズボンのベルトと一緒に没収されてしまったからだ。

この第八号室は獄房中の端で、第七号室との間には板壁はあるが、その他の三面には壁がなく、拳ほどの太さの鉄管が張り廻らされていた。九月下旬、ここに押し込められた時には、快い涼風が鉄管の間を吹き通って暑気を払ってくれたので、阿淘は喜んだが、見たところ、冬は難儀を受けないわけには行かないようだ。あの不断に湧き出る泉水の音は、実は不断に流れている水洗式便器の発する音だった。この白磁の便器は獄房の奥に設けられ、阿淘はこの便器で小便も大便も済ませ、またこの便器から湧き出る水で顔や身体も洗い、さらには歯を磨き、口も漱《すす》いだ。

床はツルッとした光沢のある板だが、その上に寝ても痛さを感じないのは、もともと家でも木の床の上に寝るのを習慣にしていたからだろう。この留置所は日本統治時代に建造されたもので、どれほどの台湾人が、日本人に罰せられて二九日間、牢に入り、朝から晩まで、この石のように固い板の上に座り、生きるか死ぬかの苦痛に苛《さいな》まれたものか。

阿淘は思い切り古い毛布を蹴り上げて座り、ボンヤリとしていた。ちょうどその時、獄房の鉄のドアを通して耳を刺すような鋭い音が響き、両三人の普段着の特務が何がおかしいのか、手に沢山の手錠を持って嬉々《きき》と笑いながら、大股で入って来た。

阿淘は三人の特務の中に一人の屈強で背の高い男がいるのに気付いた。コイツこそ彼を逮捕した男だった。屈強な男は素早く第八号室の前に来て、満足げに阿淘を見て命令を下した。

「簡阿淘、荷物を持って出ろ！　早く！」

「部屋を変えるのか?」と阿淘は鋭く聞いた。

「ツベコベ言うな！　早く出ろ！」と特務はうるさそうに喚《わめ》いた。

阿淘には荷物というほどのものはなく、ただ三着の着替えの衣服と、一冊のボロボロになったダーウィンの『ビーグル号探検記』があるだけだった……これは家人に差し入れてもらったもので、この一ヵ月来、読むのを許された唯一の本だった……隅から隅まで何度も読み返して、ほとんど一字も漏らさずに暗誦できるほどだった。

簡阿淘は犬小舎のくぐり穴に似た獄房の入口から這い出て、立ち上がろうとした瞬間、ガチャリと手錠が彼の両手首に嵌《は》められた。

「歩け！　何をボヤボヤしてるんだ？」と特務は凶悪な笑みを浮かべながら背を推したので、ヨロヨロと足を踏みしめた。

漆黒の通路を少し行き、前にひどく殴られた尋問室を経過、突然、パッと明るくなったと思ったら、警察局のロビーだった。ただの護送と思い込んでいたが、そうではなかったようだ。ロビーには二〇人余の囚人が黙々と蹲《うずくま》り、頭を下げ、思いに沈んでいた。その中に忽然、友人の許尚智《シーシャンチー》がいるのを発見した。彼は悲痛な眼差しで阿淘を見た。その眼差しは、行く先が一〇中八九、絶望的であることを語っていた。阿淘は可能なら彼の手錠と一緒に繫がれることを渇望した。そうなれば、この一ヵ月間に遭遇した不幸の一切を互いに話す機会があると考えたからだ。

しかし、特務たちは彼らの素性をとっくに知っていたようで、阿淘は巫《ウー》という姓の背中の曲がった中年の男と繫がれた。一行二〇人余が府城警察局の表門に出ると、何と一台のトラックが待っていた。彼らはそれぞれ苦労してトラックに這い登り、荷台の上に前と同じように蹲ったり、座ったりした。彼らは頭を縮めた亀のようで、怒りを抑え、口を閉じていた。

「あなたのお名前は？」と背の曲がった男が小さい声で聞いた。

「簡阿淘と申します。あなたは？」

「巫正峯《ウーチョンファン》と言います。有名な簡阿淘先生ですね。あなたが逮捕されたということは、聞いていました。思いがけないことに幸いにも、こんなところで、お会いできるとは！」と巫は声を押し殺して言った。

「では、あなたは最近、入って来たんですか？」と阿淘はチョッと驚き、訝《いぶか》った。

「そうです！　一週間になります」と巫は親し気に言った。

「今、時刻は、どれ位でしょうか？」阿淘が聞いた。

「まだ七時でしょう。まだ早いです」

「もう深夜かと思った！」と阿淘は可笑しみを感じた。毎日を、これまでボオッとして過ごして時刻さえ曖昧模糊《あいまいもこ》だったからだ。

「話をするな！」とトラックに乗っている特務は凶暴な狼のように吠えた。それで二人もヒソヒソ話《ばなし》を止めた。

トラックは人の全くいない静かな街道を通り過ぎ、「大正公園」のロータリの曲がり角を曲がった。この時、阿淘ははるか遠くの「銀座」通りに、高く掲げた幟旗《のぼりばた》のそれぞれに赤い灯篭《とうろう》を付けた行列が、蜿蜒《えんえん》と伸びた蛇さながらに忠烈祠《チョンリエツィ》の方へ曲がって行くのが見えた。距離は遠かったが、スローガンを叫んだり、行進曲を声高く歌う音は微かながらも聴くことができた。それは寄せ来る波のように静寂な空間を破って伝わって来た。

「あれは、どんな連中ですか?」阿淘は耐えられずに小声で聞いた。

「何を仰ってるんですか、今日は光復節で、提灯行列をやって祝っているんですよ。ご存知ないとは?」と巫は含み笑いをした。

「光復節? そうですか?」阿淘はチョッと悲しくなった。これは絶妙な皮肉ではないのか? 光復がもたらしたのは、とどのつまりは牢に入ることだったのか! 阿淘は、たまらない気持ちで、悲しく沈黙した。

トラックは彼の知っている道を走り過ぎ、間もなく鉄道駅に着いた。

「台北に行くんだ!」と誰かが嘆きの声を上げた。その声は忽ち皆に新たな心配をもたらした。

彼らは、まるで牧者に駆り立てられている家畜のようだった。列車を待っている旅客から遠く離れたプラットフォームの端に付けられた車輛に追い込まれ、各自席に着いた。阿淘が頭を上げて見たのは、駅の待合室で楽しそうにオレンジを食べながら会話をしている旅客の姿で、彼らとの間には越えがたい一条の溝があることが心に深く刻み込まれた……拘禁と自由と。

2

阿淘は巫正峯《ウーチョンファン》と声を押し殺してひとしきり話し合ったのち、夜に入って突然、精力を使い果たしたか、知らぬうちに眠り込んでしまった。話によると、巫は水力発電所の技術者で、府城の東門付近に住んでいた。四〇余歳で、妻と三人の娘と、それから視力を失った母親と、先祖伝来の家屋に住んでいた。しかし、彼にとって心配なのは、彼の逮捕された後、一家がどん底に陥ることだったが、焦ってはいなかった。彼の女房が嫁ぐ前に野菜売りをしていたからで、彼女が旧業を再開すれば、生活は何とか成り立つとのことだが、彼の逮捕の事情については口を閉ざして一言も発しなかった。政治犯の防衛策か？　実際、獄房にはニセの囚人が混じっていて、政治犯の消息を聞き出し、ひそかに報告していた。

夜半、阿淘は寒気に襲われ、ハッと眼が覚め、古ジャンバーを重ねた。疾駆する汽車の外は漆黒の見慣れない曠野で、規則正しいゴーゴーとした音を汽車が発し、子守歌のように彼を一連の悪夢に導いた。夢の中では、ニシキヘビが身体に巻き付き、懸命に振り払おうとするのだが、逃れる術がない。

突然、一条の朝日が彼の瞼《まぶた》を照らし、おもむろに眼が覚めた。汽車が台北駅に到着すると、プラットフォームでは群集が押し合い圧《へ》し合いしながら、汽車に乗り込もうとしていた。ただ彼の乗せられている車両だけ、特務が防ぎ、彼らを入らせないようにしていた。もともと彼の乗せられていた列車は基隆行きの鈍行だった。人々が列車の中に入り込んで静かになるのを待って、こんどは阿淘らの家畜たちがヒッソリと下車、その姿を人に見せないように駅の構内に積まれた荷物と荷物の間に誘導され、しゃがみ込まされた。阿淘は忽然、日本統治時代の囚人の姿を思い出した。日本の古い言葉で「一蓮托生《いちれんたくしょう》」、手錠と鎖で犯人に手かせをかけ、長い綱で何人かの囚人の腰部を繋いだ情景、それが思い出されて、悲痛な苦笑いを嚙みしめた。

空が全く明かるくなると、彼らを護送してきた三、四人の特務は重荷を下ろしたように笑みがこぼれた……四人たちを乗せた軍用車両を、駅以外の不案内なところに走らせるのは容易なことではなかったからだ。特務たちはつねに四人たちが団結して造反するのを、もっとも恐れていた！　しかし、政治犯は暴力を使うことをよいとは思っていない。彼らは皆、人道主義者だ。もし彼らが人道主義者でなかったら、今、ファッショの手に落ちていなかっただろう。

「どこへ行くんだろうか？」と阿淘は少し不安になって自問せざるを得なかった。

「分かりませんね？　人間の楽園かも？」と巫は笑いながら話をはさんだ。

「警察局ではないんですか？」と阿淘は聞いた。

「御冗談を！　保密局に検束されていたのを、御存知なかったんですか？　保密局は大陸の藍衣社《ランイーシャ》（国民党の特務機関）で、軍統《チントン》（国民政府軍事委員会調査統計局の略）だと言われてますよ。警察局に送られるとは思われません。八割方、秘密監獄と思います」巫は阿淘に比べて特務の事に詳しいようだった。

「秘密監獄？　これまで聞いたこともない」と阿淘は好奇心を起こした。

「ウブですね、こんな常識さえ知らないとは。政治犯だというのに」と巫は可憐とも、可笑《おか》しいとも思ったようだ。

「どうして政治犯なんだ？　これまで思想には興味はあったが、政治的なことには、トンと暗いのに！」阿淘は、これは本当の話だと口籠《くちごも》った。

「我らは皆、台共（台湾共産党の略）と見なされているんですよ、分かりますか？」と巫は憤りが抑えきれない様子だった。坐骨神経痛が彼の顔を引きつらせていた。阿淘の傍らで蹲り、涙が今にも流れ落ちそうだった。

「台共？」阿淘は、かつて大陸の共産党の本を何冊か読んだことを思い出し、ハタと納得が行った。

「要するに、死ぬか生きるかの戦いですよ。心構えが出来たようですね」巫は注意を促すとともに眉間に皺《しわ》を寄せた。

軍用トラックは人の疎《まば》らな街道を三〇分ほどひた走りに走り、紅い煉瓦塀に囲まれた工場のような建物の表門の前に止まった。この数百メートルに及ぶ高い煉瓦塀に囲まれた工場が、どれほどの土地を占めているのか分からなかったが、およそ数甲（旧保甲制度では一甲は百戸）の大きさであることが見てとれた。

「降りろ！　早く！　一列に並べ、話をするな！」特務は吠え、荒々しく囚人たちを下車させた。

表門を入ると、守衛室があり、そこにはカーキ色の中山服《チョンシャンフー》(7)を着た、一〇数人の特務が待機していた。

囚人たちは魚のように連なって歩き、身体検査を受けたのち、煉瓦塀の傍に追いやられ、その一画を成す赤煉瓦塀の前に蹲《うずく》まるように命じられた。阿淘はハッと自分の足が、緑したたる、群生した羊歯《しだ》類を踏みつけているのに気付いた。眼を凝らすと、赤煉瓦塀の下部には青い苔が付き、上部を見ると、塀はデコボコして、小さな穴が一面に付いていた。銃弾の掃射を受けた痕のようで、阿淘は背筋が寒くなり、心の底から湧き上がる、言いようのない恐怖に襲われた。しかし、堪えて口にしなかった。

「想い出した！」と巫が耳の辺りに囁いた。

「何を？」と阿淘は不安げに聞いた。

「日本統治時代、ここに一度、来たことがある。ここは鹿港辜家《ルーガングー》の持ち物で、《高砂《たかさご》鉄工所》と言っていたところですよ！　それが秘密監獄になったのか」と巫は悪夢を見たように言った。

その時、背後に慌ただしい足音が起きた。しかし、振り返ることを許されていなかったので、ただ正面の壁を見詰めるほかはなく、背後に何が起きているのか知る由もなかった。阿淘は、そこで頭を低くし、横目でチラと見たのだが、背後にいたのは、一〇数人の草色の軍服を着た兵士たちで、一列に並んで歩兵銃とカービン銃を構えて囚人たちに照準を合わせていた。

不吉な感覚が心に過《よ》ぎり、阿淘はブルブル震え上がった。弾痕に似た赤煉瓦塀のデコボコをジロッと見て、死はもはや遠くないと感じた。「彼らは自分たちを銃殺しようとしている。それに決まっている。そうでなければ、このデコボコは？」「さようなら！　愛する世界よ、さようなら！　わが愛する台湾よ、さよなら！　いとしい家族と友よ」阿淘はキッパリと呟《つぶや》き、眼を閉じ、胸を起こした。悲壮な気持ちを抱きながら、勇ましく昂然と頭をもたげた時、意味不明な号令を聞いた。同時に引き金を起こし、押さえるカービン銃の耳を刺すような金属的な摩擦音がガチャガチャと響いた。

「終わりだ！」と巫は悲鳴を上げた。

「正峯さん、お世話になりました。さよなら！」と阿淘は咽《むせ》びながら叫んだ。

引き金を押さえる音が響きわたると、静寂が訪れ、またしばらくすると、響きが起こり、重ねて同じことが繰り返されたが、阿淘たちに何を命ずることもなく、銃弾も飛んで来なかった。安全で無事だった。阿淘は、いぶかしく思ったが、九死に一生を得たような気がした。

「こん畜生！　ふざけやがる！　おもちゃにしやがって！」巫は大夢から覚めたように罵った。

「そうだ！　自分たちを脅かす悪戯《いたずら》をしようとしたのだ。どうして、こんな余計なことを？」と阿淘はチョッと快活になって来た……要するに、この世にはまだ未練があり、やすやすと命を捨て、非業の死を遂げるわけには行かない、ということだった。

屈《かが》めた両脚が早くもしびれを感ずるようになった時、ようやく起ち上がることを許された。振り返って見ると、兵隊たちは雪が解けたように、消えてなくなっていた。

「ハッ、ハッ……」

阿淘たちを護送し、獄房に同行してきた特務は楽しそうに笑った。特務たちの心を満足させる遊戯でもあるかのようだった。

「生き延びたからって、これから、どんな試練が待っていることか！」巫正峯は感慨一入《ひとしお》に言った。

阿淘は従順な子羊のように黙々として歩いた……実際、彼は人に殺されるのを待つ子羊以外ではなく、ニヤリと苦笑した。

鉄の檻の中の慕情

簡阿淘が護送されて北上、「高砂《たかさご》鉄工所」を改造した保密局の監獄に閉じ込められてから、早くも半年余の歳月が流れ去っていた……ようやく、さまざまな虐待が用意されている囚人生活にも慣れてきた。ただ人に飼い馴らされた家畜のように従順で抵抗せず、何も考えずにしてさえいれば、ここには、どんな煩《わずら》いもないことが分かった。

以前、台南府城[1]の警察局の留置所に入れられた時は、一日中、自由を獲得することを渇望し、そのため焦慮し、また意気阻喪し、絶望感は踵《きびす》を接して訪れ、辛い毎日だった。自身がこの心を傷つける境涯に生き、罪もないのにファッショ的な辱めを受けていることを痛恨し、内心常にムラムラと燃える反抗の火が止むことがなかった月日だった。そのため、毎日思うことは、いつの日か自由を再び獲得、どのようにしてか潜在能力を発揮し、台湾のために犠牲になることを厭わぬ同行者と連絡を取り合い、勇壮激烈な抵抗運動を展開し、それによってファッショ的な統治体制を粉砕しなければならない、ということだった。

秋が去り、冬がきた。台北の冬は鉛色の空が低く垂れ、長雨が連綿と続き、寒気が人を襲った。半年の獄中生活は阿洵の反抗の意志を弱め、半年前の意気軒昂《けんこう》は消えていた。一日中、獄房内の前面にツクネンと坐り、両手はドアの木の棒を摑み、眼は廊下の上の一つの四角の窓を見つめ、ひたすら天気が晴れ渡り、燦爛たる太陽光線が射し込み、身体がその光線を浴び、心の底から微かな温かみを得ることを渇望するだけだった。

彼の獄房は、この秘密監獄の最前列の獄棟にあったが、この獄棟に何室の獄房があるのか、ハッキリしなかった。獄房の大きさは一〇坪余で、普段は二〇数人が収容されていた……獄房の最後方の一角に木の板で作られた大きな便器があり、囚人のすべてがこの便器で小便や大便を済ませた……獄房の両側は睡眠を取る場所で、囚人の布団や私物が古びた軍用毛布で包まれて置かれていた。床は地上三〇センチ、木の板を釘付けにして出来たもので、その上で二〇数人の囚人が食事をし、世間話でなければ口論や囲碁将棋に興じ、一日を為すところなく苦悶の日々を送っていた。

囚人には二種類しかなかった……一つは、いわゆる政治犯……台湾人だけではなく、外省人もいる。二つは保密局内部の特務……彼らは収賄や賭博、女性をめぐる悶着や同僚の密告などで収容された者たちだが、当然、彼らは前者の政治犯を監視する任務も負わされていた……密告や探偵は彼らの得意技で、これらファッショの手下どもは、むしろそれを楽しみ、疲れを知らない有様だった。

この獄棟の最末端の獄房は女性監で、五人ほどが収容されていた。毎朝、男囚たちは出房、共同洗面所に行き、歯を磨き、顔を洗い、口を漱《すす》いだ後、それぞれ自室に戻ってくるが、その後、続いて今度は女囚たちが出房する。ところが、この時、すべての男囚たちは獄房の前面に押し掛け、それぞれドアの木の棒を強く摑み、息をひそめて女囚たちが廊下を通りすぎるのを待つ。彼らはキャッキャッと騒いでいた動物園の猿が鞭の威嚇に遭って静まり返った時のように、眼を大きく見開いて、女囚たちの一挙一動を巨細漏らさず心の中に取り込もうと考えていた。いよいよ彼女たちの姿が遠くに現われると、期せずして同時に深く籠った溜息が漏れ、強く握った手から冷汗が滲み出るという案配だった。

簡阿淘も当然、例外ではなかった……しかし、彼は他の者と違い、目の当たりに見ることが出来なかった。逮捕後、眼鏡を没収され、掛けることを許されなかったので、どんなに目を凝らしても、ただ見えるのは朦朧模糊《もうろうもこ》とした、色とりどりの色彩の塊に過ぎなかった。女囚たちも自分たちが男囚たちに刺激を与えることを知っていたようで、早朝、極力おめかしをし、盛装して房を出た……彼女らもまた男囚たちと何らかの霊的あるいは肉体的な接触を渇望していたのかも知れない。

毎日、彼らを見ているうち、阿淘も自然に彼女らを弁別できるようになっていた……彼女らの中には中年の女性もいれば、二〇歳前後の妙齢の女性たちもいたが、みな樹脂製の洗面器を持ち、その中にタオルや歯ブラシ、化粧石鹼の類を入れていた。彼女らが婀娜《あだ》な姿で談笑しながら獄房の前を通り過ぎて、その影が遠くに消え去る、その瞬間、男囚たちの獄房は蜜蜂の巣のように湧き上がる溜息で満ち溢れ、手振り身振りで話が止まらず、彼女らの容姿をアレコレ批評する輩《やから》もいた。

簡阿淘を特別に吸引したのは一人の中年の女囚で、サッパリした青色の長衫《チャンシャン》(丈の長い中国服)を着て、いつも笑みを浮かべて通り過ぎた。なかでも彼女が獄房の近くを通る時には、阿淘の六百度[26]の近眼でも、マザマザと彼女の高い鼻や美しい卵形の顔、それから真っ赤なサクランボのような唇が見えた。顔色は蒼白で、身体はホッソリとして高く、古代の美人画から抜け出て来たような美人だった。彼女はいつも水も滴るような大きな眼で一群の猿たちを、グルリと見まわした。慈悲深い観音菩薩のようだった。

簡阿淘は、彼女のそのような美しさと風格に、スッカリ心を奪われた……しかし、そこには一点の肉欲の要素も含まれていなかった……それは純粋なプラトニック・ラブで、女神崇拝に近かった。

或る日、珍しくも冬の日の太陽光線が廊下の上の四角な窓から差し込み、彼女のホッソリとした身体を照らし出していた……阿淘は彼女の胸部のボタンの間から一枚の真っ白なハンケチが顔をのぞかせているのを見た。彼女の眼差しが偶然、阿淘の顔に注がれ、その時、彼は微かながら彼女の胸の奥から無意識に突き上げてきたような小さな溜息を聞いたが、それは憐憫から来ているようだった……ここに少年がいる、まだ幼いのに囚われているとは！　実際は、そうではなく、彼女の錯覚以外ではなかった。簡阿淘はすでに三〇歳に近い成熟した男性で、ただ生まれつきの童顔でしかなかった。

阿淘が涙を滂沱《ぼうだ》と流して顔を濡らし、暗く悲傷していた時、力の籠った手が彼の肩をたたき、彼のスピリットは恢復した。

潘正吉《パンチョンチィ》は声を殺して阿淘の耳にささやいた。

「阿淘さん、そんなに歎くな、自由の日が来ますよ、花よりも綺麗な女友達も出来ますよ」

「自由の日？」

「そうです。せいぜい何年か辛抱すれば家に帰れますよ」

「どうして？」

「何冊か党の宣伝刊行物を読んだに過ぎないと言っていたじゃないですか？　そんなのは絶対、罪にはなりませんよ！」と潘は阿淘の心を慮《おもんぱか》って慰めたが、阿淘は潘の髯だらけの顔に一筋の楽観も見出すことができなかった。それどころか、無限な憂えと悲しみを見た。

「お話のあった事件の関係者、たとえば呉多星《ウートオシン》とか阿才《アツァイ》さんは難題ですが、彼らの供述が、あなたに有利なら、問題はない……」

「二人とは、一、二度会っただけです」と阿淘は不満げに言った。

「僕は信じていますが、ただ呉多星は省の改造委員会の首席委員、つまりは台湾共産党のトップで、阿才は台南支部の書記、二人の地位は並みではなく、ファッショの爪牙《そうが》は、この上層部を狙っているに違いないです。だから、あなたを容易には放免しなかったわけです」と潘は台湾共産党の組織と系統とをキッチリ示した。

「正吉さん、あなたの場合は？」阿淘は、これまで潘正吉の事案について聞いたことがなかった……この獄棟には壁を隔てて耳があったので、何も話せなかった。誰が善人で、誰が悪者なのか、また誰が本当の政治犯で、誰が手先のニセ政治犯なのか、判別することは困難だった。ズッと囚人たちは相互に己れの身の上を話さず、他人の案件についても聞くことが出来なかったからだ。

正吉と初めて顔を合わせた時、彼は便器の横に寝ていた。簡阿淘は新人なので、彼の寝ていたところに入り、彼は一歩、便器から遠ざかることになった。阿淘は彼から心を尽くした親切を受け、ズッといくらかの負債を感じていて、枕を並べて眠る時、自身の案件について彼に話したことがあった。阿淘は常々、正吉の大樹のように逞しい体格に心を打たれていた……それは、極めて頼り甲斐のある人物であるという印象を阿淘に与えた。また、無邪気な、少年のような笑顔も、阿淘の心の中の猜疑を溶かすに足りた。

潘正吉が彼の罪状について立ち入った説明をしなかったのは、簡阿淘を用心せず、また彼を手先と疑っていたのではないかも知れない。潘は一目で阿淘が決して党に真に献身する「同志」ではなく、ただ一人の自由主義を信ずる小市民階級の知識分子に過ぎないと見抜いたのではないか？

簡阿淘は大まかながら彼が桃園《タオユエン》の農家の出身で、農業学校に学んだことは知っていた。しかし、知っていたのは、これだけだった。

「私の罪状ですか？」と正吉はちょっと苦笑した……「農業高等学校在学中に党の工作に参加しました。のち党は私に《武功》があるのを認めて……ハッハッハッ、で張梗《チャンガン》(8)の武装遊撃隊に参加させました……」

「というと、あの張志忠《チャンチーチョン》の隊のことですか？」と阿淘は口を挟んだ。

「その通り。二二八の時は嘉義《ジャイー》飛行場の包囲作戦に加わり、この一戦には勝ちましたが、最後はファッショの詭計《きけい》に敗れました。それから最低限の武器——ブローニング拳銃と二個の手榴弾を持って故郷の桃園に帰り、身を潜めました……」正吉の回顧は苦渋に満ちたもので、ここまで来て情が迫ったものか話が途切れた。

「それから？」

「同志の中には戦死した者もいれば、銃殺された者もいた……組織は潰れ、意義のない生活を送っていたが、ファッショの爪牙《そうが》は至る所に捜査の網を張り、私を捕えようとした。身を隠していたわが家も安全でなくなった。毎日、わが家を監視する者が現われ、家の者も安らかではなくなった……」

「そんな状況でよく隠れることが出来ましたね？」阿淘は訝《いぶか》った。

「以前から、こんな日も来るかも知れないと予想し、わが家の壁の外にもう一つの壁を作ったのです。外から見ると、一つの壁に見えますが、実際は二重になった壁で、その間に狭い坑道のような部屋をこしらえたのですね！　ここに一年間ほど隠れていましたよ……ただ夜だけ、暗がりに紛れて息をつきました……」

簡阿淘は、この話にひどく驚かされた……世界にはこんな沈着な人がいるのか、自分なら成り行きに任せて自首してしまうだろう。

「けれど、或る晩、庭で身体を伸ばす体操をしていたところを村人に見られてしまったのです。こいつは常習犯の豚泥棒で、賞金欲しさに密告に走った。幸いにも機転を利かし、その夜、身の回りの衣服を持って裏山の森林の中にあった山小屋に移り、隠れたのです。当然、彼らは私を捕まえにきたが、空振りでした」

「では、どうして逮捕されたんですか?」

「家の者が拷問され、苦痛に耐えかねて口を割りました。そこで家の者の供述に従って一〇数人の奴らが団を組んで山小屋を包囲し、両手を頭に上げて投降せよと大声を上げました。投降したら自主更生の道を保証する、生命の安全も保証すると……戯言《たわごと》だ！　みんなウソだ！　美辞麗句に過ぎん……」

「それで?」

「騙されてたまるか！　手榴弾を一発喰らわせてやりましたよ！　ハッハッハッ……あなたが、その時の現場にいましたらねぇ！　どんなに痛快だったか！　ファッショの強盗たちは慌てふためきましたよ！」潘正吉は、そこで口を噤《つぐ》み、顔色が暗くなった。

「もう一個、手榴弾がありましたね！　ではなかった?」

「そうですが、それを使う機会がありませんでした。二日目の早朝、あのゲスたちは、老母を連れてきて投降を促したのです。老母は涙を流し、無用の抵抗をするなと言いました。もし私がそれを受け入れなければ、山砲を使って山小屋を爆破し、また家の者も殺す、とも。もちろん、これは威嚇です。もともと私は死を惜しむ者ではありませんが、家の者に、どんな関係があろう?　手を挙げて投降するしかありませんでした」

潘正吉は頭を振った。過去の悪夢を振り払おうとでもするのか、箇阿洵はジッと彼の顔を見つめ、一言も慰めの言葉を掛けなかった。

「私の生涯はワヤでした」と潘正吉は落ち着いた様子で深い溜息をついた。

「あなたは、党に参加したことを懐疑も後悔もしていないんじゃないですか？」と阿淘は正吉の怒りを恐れて口籠るようにして聞いた。

「懐疑？　後悔？　時には意気阻喪したり、絶望したりしたことはありますが、決して後悔したことはありません。自分の命を捧げて、台湾人民の民主と自由の輝かしい前途のために奮闘してきました！」と正吉は昂然として言った。

「台湾人民が民主と自由を獲得するのに、いろいろな道があると考えられたかどうか？　例えば合法的な闘争、新しい文化運動を起こして人民を覚醒させるとか？」と阿淘は穏やかに尋ねてみる。

「それは小市民階級の妄想です！　妥協と屈服に等しく、ファッショの残虐な統治力を知らなければなりません。卵で石を打つようなものです。自ら滅亡を招くだけです」と正吉の眼は爛爛《らんらん》と輝き、ハッキリと批判した。

二人は便器の横で頭を並べ、耳に口を寄せて長い間、話をした。この便器の辺りが最も安全な場所で、ここに近づいて来る人は皆無だった。猛烈な臭気が人を寄せ付けなかったからだ。時に小便を足しに来る者がある時には、話を止め、居眠りを装い、疑われるのを避けた。

二人の話が終わり、やがて食事となった。この秘密監獄では、食事は一日二食で、午前一〇時前後が第一回、次いで午後四時が第二回だった。ここに来た当座、一日二食に慣れず、常に腹を空かせていたが、その後、工夫して可能な限り腹を満たすことを覚えた。おかずは常に一杯の南瓜《かぼちゃ》スープで、スープの上にコッテリ油が浮いていた。おかずを煮立てたあとに、スープの上に油をさすのだという。御飯はパラパラとした在来米《ファイライミー》（長粒で粘り気のないインド型の米）で、何杯もお代わり自由であったが、油ッ気がなく、いつも満腹感がなかった。毎週木曜日が、おかずが一品増える日だが、一尾の焼き魚が出た。しかし、惜しいことに新鮮ではなく、阿淘の胃と口が受付けなかった。

翌朝、簡阿淘は顔を洗い、口を漱いだ後、獄房に戻り、いつものように一群の猿の遊戯に加わった。坐ったまま、両手をドアの中の木の棒にシッカリと掛け、静かに心から愛する中年女性の出現を待った……彼女をこそ彼は見たいと渇望していた。可能なら見たいと望んでいたのは、その破顔微笑である。この日はどういうわけか、彼らと行動を共にすることが稀だった潘正吉が獄房の前方に来て、何とも言えない苦笑を顔に浮かべながら、阿淘の横に蹲った。

静寂の中、微かに兵士が女性監房のドアを開ける音が響き、銀鈴のような清らかな笑い声が空間を揺るがせ、数人の女囚たちが軽やかに通り過ぎて行った。あの中年の女性はといえば慌てず騒がず彼らのドアの近くを通り過ぎた。その時、芳しい匂いが漂い、阿淘さえ深呼吸をした……その匂いには、限りない女性たちのやさしさと慰めが含まれていた。阿淘は目を閉じて溜息をついた。

「彼女が誰か、知ってますか？」と潘は彼の尻を手でつついて、ささやいた。

「知らない。まさか、知り合い？」

「知り合いではないが、保密局の人が教えてくれたのです。それで、知っているわけですよ」

「じゃ、彼女は誰ですか？　実に美しい！」

「有名な杭州美人ですよ、天女ですね！」

「モッタイぶらないで！」

「台湾省三民主義青年団団長の李有邦《リヨウパン》(9)夫人の晏袖芳《ヤンシュウファン》さんですよ！」

「李有邦？　あの《半山《パンシャン》》(10)ではないですか？」

「そうです！　凡ではない《半山》ですよ！　惜しいことに早くに銃殺されました！」

簡阿淘はアッと驚き、首を伸ばし、もう一度、仔細に彼女の容姿を思い描こうとしたが、すでに遠く離れ、ただ廊下の上のガラス窓から朝陽が燦燦と射《さ》し込んでいるだけだった。

鹿窟《ルークー》哀歌

午前一〇時過ぎ、簡阿淘が一杯の火傷《やけど》しそうな、熱々《あつあつ》の粥を食べ終わった時、突然、獄房のドアの前に兵士の大きな声が響いた……「三〇〇二号開廷！」。三〇〇二号は簡阿淘に振られた番号で、この「高砂鉄工廠」を改造して作られた保密局の秘密監獄では、囚人たちは皆な番号で呼ばれた。

簡阿淘は大鍋の中にある米国援助の脱脂粉乳に砂糖を加えて作った美味な甘粥《あまがゆ》に視線を注ぎ、離れがたい気持ちを抱きながら獄房を出た。

彼は怏々《おうおう》として楽しまず、起ち上がってドアに近づくと、兵士の声が再び飛んだ……「イカン！持ち物を全部持って出よ！」

不吉な感覚が胸元に湧き上がったので、阿淘も大きな声で問い返した……「《開廷》と言ったのではないですか？　持ち物を全部持って、というのは聞いてませんよ」

「黙れ！　早くしろ！」

「お前さんは、この人をどこへ連れて行きなさるかの？」と獄房で阿淘と仲のよくなった、大陸から来た老囚が穏やかに聞いた。

「何でもない。後ろの獄棟の監房に移すだけだ！」と兵士は素っ気なく答えた。

遷房であれば、マァ問題はない……阿洵の心理にストンと石が落ちたようで、気持ちが一遍に明るくなった。彼は急いで古い軍の毛布で夜具と普段着を包み、恋々《れんれん》とした気持ちを抱きながら、住み慣れた獄房を離れた。この監房には半年近くも住み、同じ獄房の中の囚人たちと手足のように交わり、彼らから大きな恩顧も受け、実際、別の見慣れない監房に行くことに心が進まなかった。ここで多くの時間を過ごし、肝胆相照《かんたんあいて》らす、得難い友と交わることも出来たのに。そのほか、この監房は最前面の獄棟にあったので、比較的長時間の日照を受けることができ、あまり湿っぽくならず、皮膚病に罹る患者も少なかった。そして最大の遺憾はたった一つの慰安を奪い去られてしまうことだった……この獄房と最末端の女監房とはごく近くにあり、彼は毎朝、女囚たちが獄房のドアの前を通って顔を洗い、歯を磨きに行くのを見ることができ、その一刻、心に感受される慰撫と快楽は、彼を鼓舞激励する霊薬に等しかった……彼女らは一朶《いちだ》の咲き誇るハマナスのようで、彼にとって、この世の中でなお未練を残すに値する美しく妙《たえ》なるものだった！

簡阿洵は心を奮い起こし、次々に同じ監房の得難き友人たちに挨拶をした……彼の心の中では疑いもなく、この挨拶は最後の別れだった。彼らと再び会うことは永遠にないだろう……一年半後、阿洵が生きていたとしても、獄友たちの大部分は、この世にはいないだろう、ハッキリしていることは、再び会うことができるのは黄泉路《よみじ》の上だということだ。

頭を垂れて兵士に従って歩き、最初の角を曲がって三、四分すると、そこは第三獄棟だった。ここは真昼間《まっぴるま》も伸ばした手の五指も見えないほどの暗さで、獄房には一〇燭光の裸電球が一つ灯っているだけで、冥府の常明燈《チャンミンタン》のようだった。一言も発しない兵士は廊下に沿った獄房のドアを開き、有無を言わせず、そこへグイと阿淘を押し込んだ。暗さに慣れず、よろけて、もう少しで倒れるところだった。しばらく床の上に坐って、この暗さに眼を慣れさせようとした。

今度の獄房は以前にいたのに比べて、やや広く、一〇数坪ありそうで、三〇人余の囚人を収容できる筈だが、彼の眼にボンヤリ映っているのは五、六人の囚人の姿だけだった。このような状態は今回だけのことだろうか？　まさか「徳政」ではあるまい。お陰でややユッタリと眠ることができ、活動空間も広がり、チョッと体操もできるかな？　と心の中でニヤリとした。

この時、五、六人の人影の中に王傑生《ワンチエシャン》教授を発見した。相手も彼を認め、望外の喜びを示して近づいてきた。

「簡先生、御無事でしたか！」と王は彼の手をギュッと握りしめ、興奮のあまり今にも泣き出しそうだった。

「あなたは王教授！　結審して軍事法廷に送られたと聞いていましたが」と少しばかり意外だった。

「いや！　秘密監獄での審問に移されただけで、何時《いつ》、何が起こるか、また送り返されるか、分かりません」と六〇余歳の、髪が真っ白となり、頑丈な体格をした、前台湾中興《チョンシン》書局総支配人で、元浙江《チャチァン》大学教授の穏やかな老先生は、ソッと言った。

簡阿淘は初めて彼と出会った時、ともに三〇年代の中国文学について議論を交わすのを好んだことから仲が良くなり、相互に慕うようになり、気を配るようになっていた。王傑生には重い心臓病があり、或る時、阿淘は家の者に「救心」を届けさせ、服用させたことがあった。二人の小声での談話はすべて日本語を用いた。監獄内の手先に談話の内容を密告されないためだった。王は日本に留学したことがあり、魯迅や許寿裳《シーショウチャン》の友人だった。当然、これらのことは王が重大な嫌疑を受けることになった原因の一つだった。しかし、直接の嫌疑は「資匪」（中国共産党への資金提供）で、台湾中興書局は当局の命令に従って改組したが、実態は国際的に名が聞こえた上海中興書局の台湾支店だった。王傑生は台湾支店が挙げた利潤を秘かに香港に送り、そこから策を講じて上海本店に転送させた。王は台湾中興書局の独立は、もともと何の意味もないと頑固一徹に考え、誠心誠意、上海本店からの指揮には従うべきであると思っていたようだ。このような考え方は当然、台湾当局の意志を軽んずるものだった。

「奥さんと、お嬢さんは、お元気ですか？」と阿淘は北一女中（台北市立第一女子高級中学）で教えていた夫人と、台湾大学で学んでいた娘のことを思い出した。

「宿舎は没収され、妻と娘は路頭に迷うところでしたが、しばらく友人の家に身を寄せました。妻は教えられなくなったようで、二人が今、どうしているか知りません」

王は表情を暗くして言った。阿淘は、この胸を裂くような心配が心臓病の発作を引き起こすのではないかと恐れた。

「台湾には、《一本の草に一滴の露》という言葉がありますよ。牢の中に坐っているだけで、何もできませんが、ただ健康をさえ維持し、生きてここを出ることが出来たなら、奥さんたちを安心させられますよ！」と阿淘は何とかして彼を慰めようとした。

この獄棟の囚人たちは皆、各所の獄房から臨時に連れて来られた者たちで、阿淘と王のほかには中年の男といえば許忠雄《シーチョンション》というのがいたが、首に真っ赤な傷痕があった……元「台湾民主自治同盟」の大丘《ターチュー》支部の書記で、逮捕後、隠し持っていた安全剃刀の刃で頸動脈を切り、自殺を図ったが、幸いにも救われた、とのことだ。その話はすぐに各獄房に伝わり、伝奇上の英雄となっていたので、阿淘は一見してその傷跡を確かめることができた。許忠雄がコッソリ教えてくれたお陰で、さらに三人の身元を知ることができた。前髪をパーマで縮らせ、髪をテカテカにした二〇歳余の若者は保密局香港事務局の人で、どういう過ちを犯したものか、逮捕されて香港から連れて来られていた……彼は例の手先とは見えず、薄暗い電燈の光を頼りに、いつも持参の新約聖書を敬虔な面持ちで読んでいた……ほかのもう一人は洋服を着た中年の男で、いつも穏やかな笑みを浮かべていた……許忠雄によると、彼は「台湾共和国」の国防部長だったとのことだ……最後の小柄で精悍な感じのする男は、許忠雄によると、三重埔《サンチョンプー》の著名なルンペンで、保密局の役人を槍で突き殺したことがある、という。

その夜、許忠雄は王教授を、問題が発生した時、獄卒と交渉できる「牢主《ラオチュー》」に推薦することを提案した。しかし、王は、身体の調子が悪く、その大任に堪えないと堅く受けなかった。そのため最後にはその重任は簡阿淘の肩にかかってきた……このような状況では、これが唯一の選択だったかも知れない。しかし、彼は「台湾省改造委員会」の系統に属する関係から捕まえられた者だ。ただ、彼は党には入って居らず、この六人がそれぞれに属している六つの小グループの間では唯一、どちらにも片寄らない、超然とした立場にある人間ではある。大任を引き受けるほかはなかった。

場所がいくらか広かったので、押し合いせずに済み、六人はそれぞれドアの近く、廊下の前に布団を敷き、安らかな眠りに入った。阿淘は牢主になった以上、みんなの日常起居の生活が快適に過ごせるよう、常に前もって配慮しないわけには行かなかった。便器を手で持ち上げ、糞尿を始末する仕事については、こんな仕事は誰もする人はいないだろうと思ったが、実際は彼の見当違いだった。王教授と彼を除いて、それ以外の四人は先を争って、この仕事に就こうとしたのだ。奇《き》っ怪《かい》だが、便器を運ぶそのこと自体はたしかに汚く、臭いが、この機会を利用して外に出れば、新鮮な空気が吸えるだけではなく、燃えさしのタバコを拾い、みんなで回し吸いができるのだ。彼らが先を争って、この仕事に就こうとした理由だ。

簡阿淘と王教授は一時《いっとき》雑談に耽ったが、この日に生じた変化があまりに大きく、刺激を受け続けで、少しばかり疲労を感じたので、何冊かの本を枕にして頭を置くと、睡魔に抵抗できず、知らぬうちに眠りに落ちていた。

どれほど眠ったものか、騒然とした足音と鋭い泣き叫ぶ声が彼の眠りを破った。ボンヤリとしながら、夢から現実の世界に返った。

一〇燭光の電球は依然として灯り、その薄暗い光をドアの外に投射していた。目を擦《こす》って見ると、子供が一人ポツンと古い軍用毛布の上に坐っているようだ。さらに目を大きく見開いて見ると、廊下の様子がハッキリと見え、彼を一驚させた。

一〇数人の銃を担った完全武装の兵士たちが三〇数人の新囚人を押し込んできたのだ。老弱男女、すべてがいるようだ。兵士たちを統率する将校が獄房毎に順に名簿に従って点呼し、本人確認をした後、新囚人を押し込んだ。事情が分からず、グズグズしている者があると、兵士たちはとても粗暴に銃床で打ち、鴨を走らせるように獄房に追い立てた。新囚人の中には、サメザメと泣く者もいた……政治犯ではないんじゃないか！　阿淘は少し違和感を覚えた。

「どんな人も捕らえてはいけない。彼らは、困窮している農民たちだ！　バチ当たりめ！」王教授は鼻を冷やかにフンと鳴らし、軽蔑を込めて言った。

王教授の言葉によって阿淘は事態を冷静に見ることが出来た。王傑生の指摘は間違っていなかった。彼らは裸足でボロをまとった、困窮している農民たちで、なかには破れに破れた笠をかぶった者もいた。阿淘は知識人の政治犯は見慣れてはいたものの、これは予想外のことだった。まさか台湾共産党の影響力が、このような広大な農民や労働者の層にまで浸透していたとは？

兵士たちは各獄房におよそ二、三人を押し込み、余った一〇数人を阿淘の獄房の前に連れて来た。

「牢主は誰か？」と将校がドアの前で大声で叫んだ。

「三〇〇二号、私です！」阿淘は急いで前方に這い進んだ。

「新囚、全部で一六人、何とか席を作れ！」

将校は威風凛々《りんりん》、こう命じた。

「もちろん、彼らは同じ仲間です。言われるまでもなく、極力、お世話します」と阿淘は少し逆らって言った。

「黙れ！」と将校は凶暴に痰《たん》を飛ばし、ドアを開け、新囚を一人一人蹴飛ばして獄房に入れた。兵士たちが大手を振って去った後、阿淘は忙しく軍用毛布を敷き詰め、彼らが寒い長い夜を過ごすことが出来るようにした。しかし、実際は二二人の大人がギッシリ一緒に寝ることになったので、ほとんどの者が寒さを感ずることはなかった。

年老いた囚人たちには皆、前のよい位置を占めさせた。これは当然の権利であり、決まりだった。阿淘は特に自分の脇に七〇余歳の老人の場所を作り、自分の綿布団を彼の身体に被せた。

一群の新しい囚人たちは皆、ウツロな顔をしていた。一見して深山に住む貧しい農民であることが知れたが、ハンケチや歯ブラシすら持っていなかった。阿淘は、歯ブラシなど使う習慣がないのではないかと疑ったが、翌日、全くそうでないことが分かった。彼らは睡眠中を襲われ、何物も身に付ける間もなく、そのまま装甲車に詰め込まれ、どこにも寄らず、ここに運ばれて来たのだ。

翌日午前一〇時、見ると、彼らはガツガツと掻《か》っ込《こ》み、一五分もしないうちに、大鍋一杯にあった脱脂ミルクの入った甘粥《あまがゆ》を平らげてしまった。年老いた囚人たちは眼を見張り、口を開けてヘッと苦笑いした。

「どうかね？　美味しいかね？」と王教授は自分が食べるのを忘れ、懸命に彼らのために粥を盛り、最後には嬉々と笑いながら言った。

「とてもうまい。これまで、こんなにうまいものを食べたことがないよ!」と彼らは異口同音に言った。

「フン! 世間知らずめ! ゴミの塊だ!」と三重埔の男は見慣れていないのか、罵声を発した。

「こんなカビの生えた米国援助物資の粉ミルクなんか、外では食う奴は居らんよ。豚の餌だ……こんな人の命を縮めるものを俺たちに食わせようというのか!」

「いや、彼らを悪く言わないで! 彼らは貧しくて、こんなミルクでさえ口にすることが出来ないのを、あなたが知らないわけではないでしょ!」と阿淘は三重埔の男の嘲罵を遮った。

食後、昨晩よく眠れなかったのか、皆静かに眠りに就いた。古い軍用毛布で老人と自分の頭を覆ったあと、猛烈な好奇心を抑え切れず、阿淘は老人に問わずにはいられなかった。

「老体《ろうたい》、あなたのお名前は?」

「呉錦水《ウーチンシュイ》という者じゃ。今年、七二歳となった」と痩せて骨ばかりになった老人は甘粥を多く食べたせいかゲップを繰り返しながら答えた。

「どこから、お出でになったんですか?」

「鹿窟《ルークー》よ!」と老人は、彼の故郷を人々は知って置くべきだと言わんばかりに昂然と答えた。

「鹿窟? どこに近いんですか?」

「知らん?」老人は少しガッカリした様子……「汐止《シーチー》の南側の山地だよ」

「オオ！　知っています」阿淘は以前、台湾省改造委員会が崩壊した後、台北市民委員会のメンバーの一部の幹部が進んで北部の山岳地帯に数多《あまた》の遊撃基地を築いたことを聞いたことがあった。鹿窟は、その中の基地の一つに違いない。

「では、あなたは、どうして捕まったんですか？」

「分からん？　俺は無実じゃ！」と呉錦水は不平満々気だった……「明け方、部落の者が戸を開けて見ると、村を囲む岡の上の至る所に装甲車が配置され、部落が包囲されて居《お》ったんじゃ。それから突然、装甲車から数え切れん人数の銃を持った兵隊どもが出て来て、一軒一軒、捜査をはじめ、誰も彼も皆んな捕《つか》まえたんじゃ。総勢一〇〇名以上かな」と、その時の恐怖がまだ残っているようだった。

「今回のことはとにかく、造反に加わったことがあるんですか？」

「何が造反？　俺には分からん。ただ、農会の陳先生が、或る時、肥料を分配するからと言って、名簿を持ってきて判を捺させたことがあった。どうしてそれが禍となったのか？　この名簿に判を捺した者がみんな獄に入れられて居るんじゃ」

かすかな狡猾《ずる》そうな暗い影が、この朴実な老農夫の顔を掠めた。阿淘は、台湾共産党の訓練を受けた勤労者が皆、自身を偽装するのにすぐれているのを知っている。そして、同時に彼らは堅い信念と、揺るがすことのできない決意を持ち、窮して無一物になっても、自身の生命を犠牲にするのを恐れないことも。

「老体、その肥料を配給するという農会の名簿というのは、キッと造反に参加し、入党するという文書だったんですよ」と阿淘は沈痛な口調で言った。これは少なくとも「第五条」(11)を犯すことになり、下手をすれば、禁錮一〇年以上の刑を受けることになる。しかし、阿淘は忍び切れずに聞いた。

「部落では集会はあったんですか?」

「あったよ、早朝、部落の者はみんな小学校の体操場で行われる朝礼に参加し、旗を揚げ、国歌を斉唱したな」

「国歌? 歌ってくれますか?」

「あまり上手じゃない、お恥ずかしいが!」

呉錦水は低く声を殺して真剣な顔をして歌い始めた。荒っぽかったが、メロディーとリズムは正確だった。彼が歌った「国歌」には、阿淘は驚き呆れて、しばらく言葉も出なかった。というのは、呉のいう「国歌」というのが聶耳《ニィアル》作曲の『義勇軍行進曲』(中華人民共和国の国歌)だったからだ。とすると、彼らの揚げた「国旗」というのは?

「国旗は晴天白日旗だったんですか?」

「違う! 鎌の付いたものじゃな!」

「鎌のついたもの?」阿淘はこれまでそのような図案の旗を見たことがなく、想像もできなかったが、ボンヤリとソ連の国旗に鎌が付いていたことを思い出した。

「先生から唱歌や読み書きを習ったんですか?」

「そうとも! 呂《リィ》という姓の中年の気高い人じゃった。発音が明瞭で、聞きやすかったな!」

「姓が呂？」阿淘はハッと失踪《しっそう》多年、杳《よう》として消息を絶った先輩作家呂石堆《リィシーツィ》(12)のことを想い出させた。彼は日本に留学して声楽を学んだ、有名なバリトン歌手だった。

「そうじゃ、あの人は熱心に国歌や、よい歌を教えてくれ、晩には読み書きの塾を開き、俺たちのような老頭児《ラオトウル》も習いに行ったんじゃ」

「では今回の事件で捕まったんですか？」

「いや、早くに亡くなったな」

「亡くなった？」阿淘はブルッと震え、悲鳴を上げるところだった。

「病気で死んだんですか？」

「いや、毒蛇に咬まれて死んだんじゃ！」と呉錦水はすすり泣き、ひそかに嗚咽《おえつ》した……「あの人は苦労人で、ほんとにやさしい御仁《ごじん》じゃった！」

簡阿淘は、組織崩壊後、呂石堆が追われて身を容れるところがなく、ただ鹿窟に身を隠すほかなかった状況を可能な限り想い描いてみた。

阿淘は悲しみに身の震えるのを覚えたが、段々気持ちが収まってきた。呂石堆は結局は死に場所を得たのかも知れない。青天白雲の下、青い草の繁茂する岡の上に埋葬され、毎日、太陽と微風と、鳥の囀りと花の香りに囲まれ、もはや台湾人民の自由と幸福のために思い煩うこともない。阿淘は黙然《もくねん》として呂石堆の冥福を祈り、何時かは必ず彼よりすぐれた小説を書き、彼の血の跡を踏み越えて前進しようと誓った。

どれほど眠ったか、目が覚めると御飯の匂いがした。もう午後四時になったようだ。彼は新しい囚人たち一人一人に大椀に南瓜スープを注《つ》ぎ、腹が一杯になるようにした。歓呼の声が上がり、彼らは大口を開けて飯を掻っ込み、舌打ちしながら食べ始めた。

豚の皮を食べる日々

私は早くから府城（台南）にも馬兵営街《マーピンインチエ》があるのを知っていたが、そこはもともと連雅堂《リエンヤータン》(13)の旧居があったところだった。日本統治時代、すでにその旧居はなくなっていたが、その代わりに立派な堂々とした植民地時代の役所の風格を持つ地方法院が、そこに建てられていた。地方法院は訴訟を起こすところで、わが家と全く縁がなかった。わが家はあまり訴訟を起こしたことがなく、そこを通り過ぎる以外は、ほとんどこの辺りに近づくことはない。しかし、運命の按配で一時期、生活のほとんどを、この馬兵営街で過ごしたことがある。

陽が沈んだ後の馬兵営街は漆黒の闇に閉ざされていた。そこから遠くないところにある下大道良《シャータータオリャン》皇宮《ホワンゴン》の前は反対に灯火が燦爛、人でごった返す夜市が開かれ、そこには各種各様の食べ物の屋台が並んでいた。西門町《シーメンチン》の端に当たり、新町《シンチン》（妓女街）も近く、そのため特別に活気があった。

毎晩、私は馬兵営街から疲れた足取りで下大道にやってきたが、いつも一輪の明月や弦月が西の夜空に掛かっていた。その時刻は早くも一二時に近く、ほとんどの屋台は店を閉めていた。だが、私が少しも急がなかったのは、葛根《グーガン》おじさんの屋台だけは店を閉めていないことを知っていたからだ。葛根おじさんの売っているものは、ほかの店とは大分違っていた。大きな鉄鍋の中で、豚の皮と大根と油揚げの類を煮込んでいた。言ってみれば、日本のある種の鍋に似ているが、材料に違いがあり、日本人の煮ているのはコンニャクと豆腐と里芋、それから蒲鉾《かまぼこ》などの高級な食材だ。しかし、葛根おじさんが集めてくるのは、普通の人が蔑む、いやしい食物だ。大きな碗一杯で二元だが、スープはお代わり自由。ポケットに五元ある時には、一杯の紅標米酒《ホンピアオミーチュー》(14)か太白酒《タイパイチュー》（高粱酒）に、大椀の豚の皮スープを添えて注文する。それらを飲み、かつ食べ終わればホロ酔いとなるが、適当なところで打ち切るのはなかなか困難なことで、往々にして酩酊大酔《めいていだいすい》して帰宅することになる。あの頃は屋台に灯されていたのはガス灯で、二杯目になると、すでに酔眼朦朧《もうろう》、葛根おじさんの顔も霞んでしか見えない。聞くところによると、葛根おじさんはもと新町で活躍していた芸人で、芸は売っても身は売らぬ女形《おやま》が京劇の素謡《すうたい》をする際、胡弓を弾いていたのだが、年をとったので、この屋台をはじめたとのことだ……しかし、実際は新町の盛衰と関係のあることで、以前の優雅な時代は過ぎ去ってしまい、新町まで行き、女形から京劇の素謡を聴くというような高尚な趣味の持ち主もなくなったので、胡弓を弾く人も仕事がなくなってしまった。そのため、葛根おじさんも親しみやすい古風さを持っていたものの、客は寂《さ》びれ、以来、催しも途絶えてしまったのだ。もし、この店に欠点があるとすれば、それは客に酒を飲み過ぎないように勧めないことだ。また気前がいいとも言えなかった。大椀に豚の皮がなくなっても足すことはなかったが、スープだけは足した。もう二元払うと言わない限り、煮くずれしていない豚の皮を食べることはできなかった。私は決して彼に金を借りなかったが、何時もポケットの中は空っぽで、往々にしてスープだけを肴に酒を飲んだ。

これは民国四〇数年（一九五六、七年頃）の頃のことだ。私は当時、独り身で馬兵営街近くにあった水道機構の臨時工をしていた。毎日の仕事の内容は、実験器材を消毒する蒸気鍋を熱したり、ゴミを掃除したり、湯を沸かして茶を入れたり、テーブルを拭いたり、郵便局に走ったり、この種の数知れない雑務をこなすことだった。

深夜一二時頃、ようやく事務室を出て家路につくと、胸一杯の悲痛を漏らすところがなく、酒を飲んで憂さを晴らすほかはなかった。

人は落ちぶれれば、他人の蹂躙に身を委ねるほかはない。荒涼とした五〇年代、幸いに命拾いをして、あの悪魔島から帰還できたというのは、神の御慈悲と言ってよく、どんな不満があろうか？　困ったことには、自分も世界のどんな地域の小知識人と同様、身に一つの技能もない。本当に一個の「無用の人」で、落ちぶれて臨時工になったのも当然のことである。そうしなければ、三度の食事にもありつけないわけだったが、それに私はトルストイ主義なるものを抱懐していた。労働してパンを手に入れるのこそ人の道だと。

私はこれまで葛根おじさんに妻子があるのを聞いたことがなかったので、或る晩、例の如く油垢で黒光りした木の腰かけに坐って頭をもたげると、空の果てに蒼白な眉型の月が見え、同時にイソイソと茶碗を洗っている若い女性が眼の中に飛び込んで来て狼狽《ろうばい》した。私は、その晩は上機嫌で、夜勤で得た数十元で、痛快に飲むつもりだった。しかし、娘がいたのでは醜態をさらすわけには行かない。

その若い娘は眼をパッチリあけて、訝《いぶか》し気な表情を浮かべて私を一瞬、凝視したが、すぐ首を回し、葛根おじさんの耳に噛むとばかりに唇を近づけ、小さな声で何語《なんこ》か囁いた。すると、おじさんは「オッ！　オ！」と驚嘆の声を発した。ガス灯のユラユラとした微弱な明かりが、その光景をボンヤリと映し出していた。

「酒は要らないかね？」と葛根おじさんは言った。

「どうしてかね？」と自分は不興気《ふきょうげ》に答えた。

葛根おじさんはチョッとムッとしたようだった。大茶碗を手に取り、ナミナミと注いだ。大茶碗一杯は四元で、先ほどから飲んでいるのは小茶碗、彼に「大茶碗一杯」と言ったわけではない。とはいえ、ポケット内には相応の金がある。しかも、一緒に出された豚の皮スープは何時もより豚の皮が多く、大根は少なく、その上、パセリやゴマ油も特別に多い感じで、非常に美味しかった。食べたり飲むことに没頭、おじさんや娘の存在は意識の中から消えていた。窮すれば志も失う、喰らっている姿は、さぞ浅ましかったに違いない。不思議なことに、出された豚の皮スープを平らげてしまうと、娘は、もう一杯注いだ……スープだけではなく、豚の皮や油あげも加え、酒の方も飲み干すと、私が注文するのを待たず、娘は自分の一存でナミナミと酒を注いだ。葛根おじさんと言えば、忙しく別の客の求めに応じながら、娘が特別に私に対しているのを見守っていた。しかし、一言も声を掛けなかっただけではなく、その行為を喜んでいるような微笑《ほほえみ》を、その顔に浮かべていた。これら一切のことを眼の中に収めながら、ふと邪悪な気持ちに襲われた……彼らはグルになって、私のポケットの中にある数十元を騙し取ろうとしているのではないか。それも差支えない、スッカラカンになるわけではないし？

夜風を水のように感じて、すでに相当に酔っ払っていることに気づいた。周りに客の姿もなかった。

「いくらですか？」と私が聞く。

「四元」と葛根おじさんは何事もなく答える。

「四元？　間違っちゃいませんか？」心の中で算盤を弾いてみた。酒は三杯で一二元、豚の皮スープは二杯で四元、全部で一六元となる。それで一六元を油垢がまだらについた木の机の上に置いた。

「四元と申し上げました。間違いありません」と葛根おじさんはムッとして、置かれた紙幣や硬貨の塊から四元だけ抜き取って、あとは私のポケットに押し込んだ。

「秋霞《チュウシャ》、送って上げなさい。酔って、勘定もできないようじゃ」と葛根おじさんが言った。

「必要ない。自分で帰れるよ。彼女は？」

「ウッ！　娘だよ」

再三、断ったが、頑なに受け入れず、娘に私を送らせようとした。彼の頑固ぶりを知っていたので、従うほかはなかった。娘は多くても一六、七歳位で、何を話していいのやら分からなかった。

二人はこんなわけで一緒に深夜の西門町を歩いた。長い、さびしげな影法師を従えながら、一五分ほど歩いたところで、娘が突然、話し始めた。

「先生、お宅はやはり嶺後街《リンホーチエ》のあの路地の先きですか?」

「先生? 君は?」驚きのあまり冷汗が出て、酔いも半ば醒めてしまった。

「本当にお忘れですか? 私は葛秋霞《グーチュウシャ》で、六年孝クラス、(15)先生が担任でしたが、その年、学校が始まって間もなく先生がお出でにならなくなりました。私は級長でしたので、林《リン》校長先生と先生を探し回り、留置所に入れられたことを知りました。それでタオルや石鹸や歯ブラシなどを差し入れしたんですが、受け取りませんでしたか? これはクラスのみんなが、お金を出し合って先生に送ったものです」

秋霞はガッカリしたような口調で往事を話し始めたが、それは心の古傷に触れるもので、思わず呻《うめ》いた。もし彼女がそこにいなかったら、必ず声を放って大泣きに泣いたに違いない。

「思い出した。たしかに君たちが寄付してくれたものを受け取ったよ」心のなかで、君たちの贈り物は今も持っているよ、使えなくなっても捨てず、牢から持ち帰っているよ、と呟《つぶや》いたが、声には出せなかった。

「先生、父は言っています。先生のお酒は、とても良くない。今のお仕事は、先生の身分に合っていない。こんな風ではいけない。別の方途を謀るべきだ、と」と秋霞は囁《ささや》くように言った。しかし、その語意は毅然としていた。

「別の方途を謀る?」鳩が豆鉄砲を喰らったように呆然となった。

「そうです。人はそれぞれ自分で生計を立てなければなりません。例えば、父はいやしい芸人、いやしい身分の者で、豚の皮スープを売って生計を立てていますが、心安らかで問題はありません。私ですか、貧しい家に生まれた娘です。いやしい商売の手助けをしたとしても自分を辱めることにはなりません。けれど、先生は違います。上に登って行かなければいけません。今のように、いやしい身分のままではいけません。父は言っています。先生は本当にフガイない」

弦月《げんげつ》は、わが涙でぼんやりと霞み、しばらく言葉も出なかった。その後、秋霞と別れ、決然と前に向かって歩いた。翌日からは再び臨時工の仕事に出なかった。

邂逅

毎週土曜日の午後、簡阿淘は急いで府城（台南）の嶺後街《リンホーチエ》の家に帰るが、いつも三時になっていた。一包にした汚れた衣服を母の妹に預けて洗濯に行かせ、それを申し訳なく思いながら家を出、「南《ナン》風《フェン》」喫茶店に直行、一杯四元の紅茶を飲むのが決《きま》りだった。その頃、簡阿淘は八掌渓《バーチャンシー》近くの辺鄙な村、「路過《ルーグオ》」村にある「留光《リューコワン》」国民小学校の教員だった。この村は、名前の通り、アルカリ地帯にあるみすぼらしい小村で、路傍に植えられた柳の樹は痩せ細り、井戸から出る水は塩辛く、本当に訪れる人はすぐにでも向きを変え、村を離れたいと思うほどだ……どんな魅力もないところだが、人生行路上の「路過」（通過）する小さな驛亭《えきてい》たることは可能だろう。

簡阿淘は、なぜ帰宅すると「南風」喫茶店に直行するのか。実際は、どんな人と会う約束があるわけではなく、また、そこが彼にどんな慰安を与えるのでもない。第一、一杯四元の紅茶は少しも美味しくない。口をつけても茶の香りはせず、紅茶とは名ばかりで、実際は砂糖水を着色したものだ。

阿淘はさびしく、その名ばかりの紅茶を飲み、前の「銀座通り」の雑踏をポカンと眺めながら、回想に沈み込む。この四年来の躓《つまず》いた時間を思い出し、暗然と悲傷に耽るのだ。あの鉄窓の中の一千余の日々、その時々の情景はすべて彼の心の中に、特別の意味合いと色彩を含んで刻み込まれている。

五〇年代の閉塞して恐怖に満ちた社会は、阿渹のような軍事監獄から帰って来た元政治犯にとっては十分に残酷だった。府城は彼が育って成人となった故郷《ふるさと》で、知人が多く、府城の半数の人が彼と面識があると言ってよかった。しかし、彼が府城に戻った数ヵ月は、府城の街頭を歩いても、さながら無人の境を歩いているに等しく、すべての知人が姿を消してしまった。以前は、一つの街区で、少なくとも一〇数人ほどの知人と挨拶を交わし、時には立ち止まらざるを得ず、一時《いっとき》を、のどかに談笑して過ごすこともあった。しかし、今は遠くに彼の姿を見ると、鬼でも見たように急いで身を避け、顔を背けて素早く角を曲がり、脇道に入っていく。何人かは眼をむいて彼を直視するが、一言も発せず、大急ぎで去って行く……彼が疫病神《やくびょうがみ》で、彼らに疫病を移すのではないかと恐れているような具合だ。そのような状態に我慢ができなくなり、友人と言っていい知人に出くわした時は、こちらから時候の挨拶、あるいは「最近、調子はいい?」というような言葉を掛けて見る。すると、彼らの顔はまず真っ白となり、次に真っ赤となり、いつもと違って小さな声で答える……「いいよ! まあね!」というような語意曖昧な言葉が返ってくる。両脚にバネが装着されているかのようにガクガクと早足で去って行く。

簡阿渹は、その心の中の憂苦を洩《も》らすところがなく、トコトン人間の身勝手さを知った。しかし、この身勝手さはすべて、この暗黒社会の圧力から来ている。凶暴なファッショの統治力は人の精神を歪め、彼らを疎外し、相互に猜疑させ、身構えさせ、虫の息の状態にさせてしまうのだ。

阿洵は、このような冷淡と敵意になずむと、今度は知人たちの恐怖や不安を和らげるために、街頭に出ず、終日、家で本を読むことにした。

しかし、彼は、いつまでも悠然と読書に耽っているわけには行かず、パンを稼がなければならなかった。年老いて身体の衰弱した両親の世話になって日を過ごすわけには行かない……それは年寄りたちを日一日と謀殺するに等しい。年寄りたちに飯一杯分を彼のために節約させる、何と残忍なことか。彼は仕事を探したが、あの荒涼とした五〇年代、もっとも従順で利口な連中でも就職困難だった時代、彼のような「域外人」が至る所で壁にブチあたったのは当然のことだった。半年の長きにわたり、彼は臨時工に身を落とし、水道研究機構の灼熱のボイラーから出る熱気の中で裸身となり、背中に汗を流しながら、その仕事に励んだ。そして、遂に幸いにも旧業に戻ることが出来た。以前は府城で一番有名な小学校の教師だったのに。

簡阿洵は二時間余、椅子に座った切りだったが、隣の「度小月《トゥシャオイエ》」が開店するのを見て座を立とうした。いつもの通り、「度小月」で一椀の担々麵《たんたんめん》を食べ、家に帰るつもりだった。

その時、店の窓ガラスを通して色鮮やかな日傘を差し、浅黄色のワンピースを着た、ホッソリした女性が歩いて行くのがチラと見えた。金色の眼鏡の縁と月光のように青白い顔から、林雪梅《リンシュエメイ》だと知れた。一瞬、ためらったが、堪えきれず、店のドアを開けて彼女を追った。阿洵は雪梅が、ほかの人のように彼を決して排斥しないと信じていた。ただ、彼女が彼を温かく受け入れてくれるかどうか、分かりかねた……というのは、二人の間には多すぎるほどの食い違いや誤解があったからだ……彼女の心を傷つけたこともあった。

「雪梅さん、お元気でしたか?」と阿淘は抑えた声で背後から彼女に呼びかけた。彼女はビックリして立ち止まり、振り返った。こんなところで彼に遇《あ》うとは夢にも思わなかったため満顔、訝《いぶか》し気《げ》だった。一時、両者とも硬《こわ》ばり、空気が凍り付いたようだった。その後、彼女が絞り出すように言った……「あなたは帰って来たのね!」と冷やかで、一点の感情も帯びていなかった。

「新港《シンガン》にいらっしゃると思っていました。いつ府城へお帰りに?」

簡阿淘は小心翼々として言った。「新港」という二文字が彼女の感情を害し、その傷口を開き、激痛を引き起こすのではないかと恐れたからだった。果たして彼の心配していた通り、眼鏡の奥の眼が瞬《まばた》き、そこから透明な珠玉のような涙がこぼれ落ちた。

「すみません!」と阿淘は慌てて詫びた。

「いいえ!」と雪梅はきびしい口調で答えたが、情に欠けると思ったのか、今度はやさしい口調で聞いた……「お話しませんか?」

彼は雪梅を連れて再び「南風」喫茶店に戻り、静かな一角を探して腰を下ろした。彼女の後ろに置いてある黄色椰子の盆栽は、よい具合に後ろの窓から入ってくる強烈な太陽光線を遮り、彼女の全身をスッポリと、その陰の中に隠した。その情景は、逮捕された夜のことを彼に思い出させた。彼を訊問する特務は強烈な光を彼に浴びせ、自分は暗い陰に身を隠していた。あの時の審問者の席にいるのが雪梅で、被告席にいるのが阿淘という按配だ。

「いつお帰りになったんですか？　どうして一言も掛けてくれなかったんです？」と雪梅は彼を責めた。

「煩《わずら》わせたくなかったんです。私が苦しんでいるのを、お見せしたくなかったのです」と阿淘は顔をそむけ、空咳《からぜき》をした。

彼は光復後の餓えた上にボロを纏《まと》って過ごした日々を思い出した。その頃、阿淘と雪梅は「恋人同士」だった。少なくとも別人には、そう見られていた。しかし、実際は、二人は単に交際をしていただけで、一度も感情的なものに触れることがなかった。雪梅は、ただ満腔の悲憤をぶっつける対象だった。陳儀《チェンイー》の悪政、大陸における国共合作の情勢、さらには台湾の民衆がどのようにして再解放を獲得すべきか、などの政治上の問題について彼は熱っぽく彼女に語りかけたのに過ぎなかった。しかし、彼女が、阿淘のこれらの激高した政治的な告白を、彼女に対する一種の求愛の言葉と受け止めていたことは少しも疑う余地のないことだった。これらの斬首を引き起こし兼ねない極めて危険な意見を隠すことなく話したということは、彼女を充分に信任、「自己人《ツーチーレン》（仲間）」と見ていたことを意味する……これは愛の告白に等しいのではないか？

実際は阿淘にとっては誰でもよく、彼の抱負を好んで聞いてくれる人がいれば満足だった。当然、雪梅のような聡明で若い女性が彼の話を聞いてくれるなら、一層、愉快この上ないことだった。彼は夢にも雪梅が彼の政治談議を愛の告白として受け止めているとは思わなかった。

彼は彼女の手さえ触れたことがなかっただけではなく、その人を魅するスタイルや熟した果実のように豊かで温かで柔らかな胸部にも注意を払っていなかった。

ほぼ半年を過ぎた頃、林雪梅は突然、「新港」の若い医者に嫁いだ。しかし、新婚二週間を過ぎない内に、その若い夫が逮捕され、行方不明となった。しばらくして夫は叛徒として銃殺されたという凶報が流れて来た。阿淘は早速、慰問に行こうとしたが、出来なかった。彼も、この時、逮捕され、それから三年の長きにわたる囚人生活が始まったからだ。

「あなたは何とか命拾いして帰ってきましたが、上の兄はまだ帰りません？　第五条(11)によって起訴され、一二年の徒刑という判決が出ました」

林雪梅は冷たくなった紅茶を一口飲み、静かに言った。

「上のお兄さん？」と阿淘はビックリした。

「そうです！　上の兄が毎日、話す内容は、あなたの話すのと同じでした。それから、夫もハネムーン期間、毎日読んでいたバイブルも、あなたと同じでした。私たちの時代、若い人たちはみんな同じ鋳型《いがた》から生み出されたものですね。一つの時代風潮だと思います！　皆さんが特殊の一群の人達であることを知った時は、すでに手遅れでした。夫を失い、上の兄を失いました……そして一切を……」

阿淘は恥ずかしさが一杯で頭を下げた。どう雪梅を慰めたらよいか、分からなかった。彼らは皆、間違っていたと言えるのか？　周囲の人たちに災厄をもたらした以外、何も役立つところがなかったのか？　自身の同族の生存の尊厳のために群起して抗議したため、ただ自分自身が牢獄に入れられただけではなく、無数の友人や親族の受難を招くことになったのではないか？　阿淘が街頭を歩く時、すべての知人が紛々《ふんぷん》として彼を避け、疫病神のように見なすのは、まさか彼らに対する否認と蔑視を無言のうちに示すものなのであろうか？　いな！　いな！　歴史は必ず彼らに対して公正な審判を下すだろう……彼らが犠牲を払って台湾人の「政治・経済・社会」の解放を争い取るという仕事は、たとい一時の挫折があっても、この大地に必ず花開き、実を結ぶだろう。

「雪梅さん、とてもすまなく思います。私は……」

阿淘は彼女に向って彼らの思想と行動の背後にある偉大な理想について丁寧に説明しようと思ったが、ハッとし、止めることにした。それは昔の主張の蒸し直しに過ぎず、孤独にひしがれている若い女性に対して繰返すのは、あまりに今の現実から離れた上《うわ》っ調子に過ぎる。

「これからはどう……」と阿淘は口籠った。

悲しみにやつれた雪梅の顔の上に微かな笑みが浮かんだ。

「幸福になりたいと思っているの」と嬉しそうに言って、ハンドバックの中から一枚の黒白の写真を取り出した。

「見て下さい。これが未来の夫です。高雄の貿易会社の職員です」

阿淘は写真を手に取り、写真の中の人物を一人一人つぶさに見た。家族写真だが、女主人だけが欠けていた。中央に写っているのは五〇余歳の禿げ頭の男で、相当に壮健、洋服が身に合わず、自由が束縛されているような感じだ。左右には男の子と女の子が立っている。男の子は小学校の制服を着ていて、明らかに一〇歳前後、女の子はまだ幼く、幼稚園に通っているようだ。欠けた前歯を見せてニッコリ笑っている。当然ながら、男の両手はシッカリと二人の子供たちの手を引いている。

「この写真の中の男の人と結婚するんですか？」阿洵はビックリして、雪梅と二〇数歳も年齢が違う、彼女の父親といってもよい、禿げ頭の男を、念入りに眺めた。

「そうです。この人は、とてもやさしい人ですよ！」と雪梅は嬉しそうに微笑んだ。

「二人も子供があるんじゃないですか？」

「そうです。あの人は昨年、妻を亡くしました。それで私は後妻に入るのです。必ず私は子供たちを可愛がります。二人の本当の母親になるつもりです」

「しかし、とてもつらいことではないですか！」と阿洵は搾り出すようにして言ったが、卒然、適切ではなかったと後悔した。

「つらい？　そうですか？　けれど、誰に嫁ぐことが出来るのでしょうか？　夫は銃殺され、上の兄も逮捕されました。こんな不吉な女を誰が受け入れると言うのですか？　ただ、この人ひとりだけが気にかけず、両手《もろて》を出してやさしく抱擁してくれました。感激と感謝があるだけで、つらいとは？」

雪梅は静かに話したが、阿洵は彼女の眼の縁に熱涙が満ちて、ポツリポツリと頬を落ちるのを見た。

「雪梅さん、もしまだ結婚が決まっていないのなら、慎重に考えて下さい。私のところに嫁いで来ませんか？　全力を尽くして、あなたを幸福にします」

阿洵は、そう言い切った。彼女の心を傷つけた、すべての者を代表して彼女に償わなければならない、たとい彼女を心底から愛していなくても、だ。結婚というものは決して愛情の有無によってだけで決定されるものではなく、疑いなく、その背後には複雑な要素が隠されている。誰が、二人の結合が失敗の運命にあると言えようか？

「プロポーズということですか？　遅すぎます」

雪梅は気落ちした様子で彼を一瞥し、注意深く写真をハンドバックに入れ、冷やかに起ち上がった。

「参ります。二度とお会いすることはないと思います。阿洵さん、お大事に！」

雪梅は、どうして阿洵の求婚を受け入れようとしなかったのかを説明しようともせず、俯《うつむ》いたまま去って行った。阿洵はポカンとして彼女の姿を追っていたが、ハッと彼女の毅然とした告別の中に、癒しがたい脆弱《ぜいじゃく》さと、いくらかの躊躇が内蔵されているように感じられた。だが、柔らかな椅子に腰を下ろしたまま、進んで起ち上がり阻止しようともせず、ひとしきり藻掻《もが》いていた。

そのあと、阿洵は「南風喫茶店」を出たが、雪梅が最早、どこに行ったのか分からなかった。彼は「度小月」に寄って担々麵を食べるのも、スッカリ忘れてしまい、家路に就いた。

訊問

1

晩秋の或る朝、鉛色の空が低く垂れ、風は寒気を帯びていたが、簡阿淘の日常の起居は昔と少しも変っていなかった。六時半に家を出、一〇番バスに乗って、廃棄された赤煉瓦窯《あかれんがかま》前で降り、二〇分歩いて小学校に着いた。

八時四〇分、第一時限の授業が始まった。彼はパブロフの犬のように始業のベルの音を聞くと、小脇に教科書を抱えて教室に向かった。決して楽しくはなかったが、劣悪とは言えず、ただ表情は暗く、いつも通りの勤務ぶりだった。

教室に着き、教科書を教壇に置き、のど麗《うるわ》しく、前口上を述べて生徒の注意を引こうした時、教室の入口のところに用務員が現われた。

「簡先生、校長先生がすぐに校長室に来て下さいと言っています」と張《チャン》老人は強い山東訛《シャントン》で言った。

「何ですか、急に？　授業を始めたばかりだというのに！」と阿淘は内心甚だ面白くなく、ブックサ言った。しかし、逆らうことはせず、ただ生徒に教科書を通読するように言いつけて張老人の後についた。

校長室に一歩足を踏み入れると、そこには重苦しい空気が張り詰めていた。頭の天辺がスッカリ禿げた王《ワン》校長と、人事を管理する教務主任の林文重《リンウエンチョン》とが、そこにいた。阿淘を見ると、二人の顔にいつもと違った表情が浮かんだ。そこには、二人のほかに、もう一人見慣れない者がいた。三〇数歳、瘦せて背が低く、顔は無表情、力仕事をするような人とも見えず、むしろ優雅で穏やかな感じの男だった。

「簡阿淘先生です」と王校長は押し出すように言って、阿淘を紹介した。

この見慣れぬ男は時候の挨拶はせず、ただジックリと阿淘の顔を見詰めた。心の中で阿淘の写真と見比べているような按配だった。阿淘は、そのまま、この見慣れぬ男が口を開くのを待った。

この見慣れぬ男は依然として口を利《き》かず、ポケットの中から一枚の公文書を出した。

「見終わったら、私について来て下さい」と要件だけを言った。公文書を手にし、文末に押された「警備総司令部」とある大きな赤い印を見て、その一半が知れた。逮捕状で、法廷に来て、事件の内容を説明せよ、とある。ただ、どのような事件に関連しているのかについては、何も書かれていない。

しかし、彼には思い当たるところがあったので、頷《うなず》いた。これは恐らく一ヵ月ほど前、逮捕された親友甘火順《ガンホシュン》が招いた禍《わざわい》に違いない。

校長と林教務主任は憂わし気な面持ちで阿淘が呆然としているのを見ていた。しかし、相手は警備総司令部が派遣してきた者だ。二人は小心翼々、寒空の蟬のように口を噤《つぐ》んで何も言わなかった。

「前に！」とその特務は言った。阿淘は前に出て、見慣れた幾本かのコンモリと茂った桃花心木《タオホワシンムー》（マガホニー・センダン科の常緑高木）を見ながら、国父の銅像のある門の外に出ると、そこにはフォードの乗用車が停まっていた。

二人が後部座席に着くと、エンジンがかかった。まず臭気芬々《ふんぷん》の左昌谷渓《ツオチャングーシィ》橋を渡り、左昌鎮を経てK市に向かった。しかし、車は目的地には直行せず、O市内の街道をグルグル何度も回り、最後に狭い路地の中程にある三階建てのビルの前に停まった。恐らく阿淘に、このビルの所在地を知らせまいとして車を迂回《うかい》させたのに違いない！　しかし、これは余計なことで、阿淘は日頃、ほとんど外出せず、O市の地理や環境どころか、東西南北さえ不案内だった。

特務は阿淘に下車を促し、依然として逃亡を防ぐためか前を歩かせ、真っすぐ三階に行かせた。三階のドアが開かれた途端、阿淘は仰天した。二〇坪足らずの部屋に事務机が三列に並び、少なくとも三〇数人が、そこに屯《たむろ》していたからだ。しかし、彼らは、そこで事務を執っているわけではなく、ただ世間話に興じたり、茶を飲んだり、新聞を読んだり、タバコを吹かしたりして、のんびりとヒマを過ごしていたようだった。普通の事務所と違うところがあるとすれば、時に事務机の上にキラキラ光る手錠が置かれているのが見られたことだ。

特務はずっと奥にいる人と言葉を交わしていた。部屋の片隅でゴチャゴチャ積もる話をしているようだったが、やがて戻って来た。阿淘は、ここが終着点と思ったが、そうではなかったようだ。特務がどうして彼をここに連れて来たのか分からなかった。ここにいたのは束の間、またどこかに行かなければならないようだ。しかし、その理由を尋ねることも出来ず、ただ一匹の綿羊のように従順について行くほかはなかった。

車は靄河《アイハ》橋を通り過ぎて、最後に一つの高層ビルの前に停まった。阿淘は黙々と階段を上がった。人工大理石の階段はかなり広く、三、四人、肩を並べることが出来た。階段を上がると、そこには地回りのヤクザっぽい身なりをした男と、化粧の濃い、真っ赤な大きな口唇をした女性がいた。彼らは二人とも下層階級に属し、齷齪《あくせく》とした生活を営んでいる人のように見えた。四階まで上がって、電光一閃、ここが元来、妓楼であることに気づいた。話には聞いていたが、この辺りには一度も足を踏み入れたことがなかったので、思いも及ばなかったわけだ。なぜ警備総司令部が、この妓楼に設けられたのか、阿淘には理解できなかった。線民《シェンミン》（密告者）と接触するのには都合がよいのだろうか。

特務が或る部屋のドアをノックすると、内側から返事があり、ドアが開いた。その部屋は普通の住居のスタイルで、およそ三〇坪ほどあり、応接間、寝室、居間、台所が一応は備わり、各部屋の飾りつけも普通の住居と同様で、ソファーや茶卓は旧式で、かすかにカビの臭いがした。

簡阿淘は、そのソファーに坐って待っていたが、彼を連れてきた特務は何時席を外したのか、姿が見えなくなっていた。

阿淘は手持ち無沙汰で眼を閉じ、気持ちを休ませていたが、意識が次第に朦朧《もうろう》となった。腹がグーグーと鳴り、緊張も高まり、尿意が頻繁となったので、思わず起ち上がった。

「動いてはいかん！」と、どこから出て来たのか、雲衝《つ》くばかりの大男が駆けて来て、彼の両肩を抑え、ソファーに坐らせた。改めて情況の厳しさを認識した。自分はつまり逮捕された者で、行動は他人のコントロール下にあると。

「小便に行きたいだけです」と阿淘は抗議した。

「それを先に言え、許可を受けてから動け。分かったな？」

その特務は、五月蠅《うるさ》そうに言ったが、彼を困らせず、すぐに便所に連れて行った。黄ばんで汚れた便器を見て、涙がポトリと頬に零《こぼ》れ落ちた。泣き叫んで母親に乳をねだる末っ子のことが思い出された。今日、自分が帰ることが出来なかったなら、或いは永遠に自分が帰ることが出来なかったなら、誰が一体、この子を養い育てるのか？ 今年の初め、人々は危機感を抱き、反乱事件に連座させられるのを恐れていた。誰が敢えて援助の手を差し伸べ、妻子を助けて、この難関を超えてくれるのか？自分自身が一個の教訓、その生きた例だ。もともと甘火順は多年にわたる親友で、二人の交際は遠く光復一年まで遡ることが出来る。のち甘火順は反乱罪で捕えられ、戡乱《かんらん》懲治条例第五条[11]を違反したとして一二年の刑に処せられた。そして一年後、阿淘も逮捕され、検粛匪諜条例第九条[6]、俗称「知情不報《チーチンブーパオ》（情を知りながら通報しない）」を犯したとして、五年の刑を受けた。火順は蔡孝乾《ツァイシャオガン》が指導していた省改造委員会に属していた台湾共産党員である可能性があった。しかし、阿淘はそうではなく、あの光復の年、中学時代の先輩、呉多星《ウートオシン》と行き来したことで逮捕されたものだ。不幸にして呉多星は改造委員会の首脳、つまり台湾共産党の新しい領袖だったので、阿淘の弁解は遂に効果がなく、無実の罪で三年余も牢屋に閉じ込められていたのだ。刑は五年だったが、のちに減刑条例が採択され、そのなかに「知情不報」による政治犯は赦免するとの条項が含まれていたので、幸運にも釈放となった次第だった。二人の案件は全く別のことで、もともとどんな関係もない。阿淘は、火順が熱烈なマルクス主義の信徒であることは知っていた。火順はプロレタリア専政に関する一連の神話を信じ、それを科学的社会主義と呼んでいた。阿淘は火順の信仰が度を過ぎ、早くも頑固な教条主義者になっていたことも知っていた。阿淘も社会主義者は社会主義者ではあったが、そのユートピアとするところはスウェーデンやデンマーク型の福祉国家に近いものだった。一個の自由主義者であると言ってもよい……ただし、胡適《フーシー》のような旧式の自由主義者ではなく、マルクス主義の洗礼を受けた新型の自由主義者である。だから、教条的なファッショ独裁を極端に憎悪するが、当然ながら、いわゆるプロレタリア専政のような独裁も喜ばない。二人の意識形態は異なってはいたが、それは二人の友情の妨げにはならなかった……つまり二人は同じ時代と環境の中で成長し、仕方のない思想上の疎通を除いては、嗜好や、文学や人生に対する見方についてはかなり多くの共通点を持っていた。丸々一二年、牢獄に閉じ込められたのち、火順は釈放されて帰って来た。阿淘にとって彼と往来しない理由はない。ただ、多少の警戒心から、できるだけ会わないようにした。一年のうち端午と中秋と年越しの季節、手土産を持って老友に会いに行く以外、急ぎの用事がない限り出かけなかった……この情勢の険悪な時代に、烙印《らくいん》の押された元政治犯が常に往来するなどは、自らの死を招くのに異ならなかった……あのビッグ・ブラザー[16]の眼が光っていないところはない。元政治犯の相互の親しい関係に対して興味を示さないわけがない。この種の友情は実際には再組織のステップに過ぎないと、ビッグ・ブラザーの冷たく光る眼には、この類の喋々喃々《ちょうちょうなんなん》と相互に傷を舐《な》め合っている行為が許せないのだ……というのは、この傷こそビッグ・ブラザーが一手に造り出したものだからだ。

一ヵ月ほど前、阿淘は風の便りで火順が再度逮捕されたのを聞いた。火順が出獄以後数年來、ひそかに何をしていたのか、ほとんど知らなかった。自分は光明正大、火順再度の逮捕の原因が何であっても、それとも何の関係もない。火順の昔からの友人という一般的な立場から、当然、彼の家に見舞いに行き、たとえ援助が出来なくても、妻子を見舞わなければならないと思っただけだ。

まさか、この一手が間違いの素《もと》だったとは！　ビッグ・ブラザーはどんな細節も見逃さなかった。阿淘が火順の家を訪れ、まだ彼の兄嫁に挨拶も交わさないうちに、家の中から、いかつい身体をした男が跳び出して来て阿淘を捕らえたのだ。この男は、待ち伏せしていた特務で、阿淘はまさに仕掛けられた網の中に入ってきた獲物だった。

特務は阿淘の姓名と住所と勤務先を聞いて、彼を放した。当然ながら、特務は火順の兄嫁からウラをとり、阿淘の供述の真偽を確かめ、それからニコニコして彼を帰らせたのだった。

阿淘は、これは悪夢の始まりに過ぎず、ビッグ・ブラザーがこれだけで終わらせる筈がないと思っていた。それに備えなければと心の準備をしたが、もちろん、いつ、どこで、どんな罪で逮捕されるのか、分からなかった。

2

「被疑者を連れて入れ!」

簡阿淘の真正面の部屋から雷のような声が響いて来た。彼を小便に連れて行った特務がグイと背を推し、部屋の中に入らせた。

阿淘がグズグズした足取りでドアの前に立つと、ドアは半開きになり、彼を吸い込むと、背後でピタリと閉まった。

「そこへ坐れ!」

背が低いが肥った中年の男が江蘇訛の北京語で言った。こいつの肥り具合は弥勒菩薩《みろくぼさつ》のようで、足が短く、歩くと球が転がっているように見える。パッと見渡したところ、ここは七、八坪ほどの寝室で、ほかには一人は高く、一人は低い、黒無常と白無常とでもいうべき二人の特務がいた。(17) 二人は万事に飽き飽きしたという風情で、スプリングの付いた寝台の上に腰かけ、阿淘の一挙一動を監視していた。

事務机を隔てて簡阿淘と弥勒菩薩先生とは向き合って坐った。

菩薩先生は眉を顰《ひそ》め、苦し気な表情でテーブルに二〇行用箋を広げ、頭を下げ、ボールペンで書き始めた。その子供のような小さな手には、至るところに笑窪《えくぼ》のような渦巻きが出来ていた。

「名前は? 生年月日は? 住所は? 職業は? 原籍は?」と大声で質問を連発した。

阿淘にとってはお馴染みの手順で、台湾語で次々に答えた。彼が台湾省台南市の出身だと述べると、菩薩先生は一瞬、啞然《あぜん》とした。彼は菩薩先生が彼を老芋仔《ラオイーツァイ》（外省人）として待遇していたことを知ったのだ……というのは、その後も同様な態度を示したからだ。

「以前に罪科があるか？」と菩薩先生はようやく核心に踏み込んで来た。

「あります。検粛匪諜条例によって裁判を受け、徒刑五年となりました」

これは菩薩先生を、ひどく驚かせ、困惑させたようだった。

「どういう罪だって？」と菩薩先生には一時《いっとき》、この条例について思い出せない様子だった。

「知情不報《チーチンプーパオ》です！」

「オオ、そうか！」と菩薩先生は気持ちを取り直した。顔一杯に汗をかき、口にブツブツ「知情不報」と呟きながら、それを供述書に書き込んだ。

「しかし、三年で釈放されました」と阿淘はチョッと補足した。これもまた、この菩薩先生を驚かせ、呆然とさせた。政治犯にも減刑があり、早期の釈放があったとは信じられなかったようだ。

「どうしてだ？」

「大赦でした。はっきりは分かりませんが」

「大赦？　大赦とは？」

菩薩先生は汚れたハンケチを取り出し、額の上に噴き出た汗の滴を拭った。そして古新聞を阿淘の前に出し、「大赦」の二文字《ふたもじ》を書かせた。

「オオ、この二文字か！　了解した」と菩薩先生は珍宝を得たように、供述書に阿淘の書いた文字を辿るように、その二字を写した。

「お前は政治犯だな。すると、甘火順と同じ仲間だな？　甘とどういう関係があったのか、ありのままを話せ！」と菩薩先生は声調を一変させ、威嚇するような姿勢となり、聞いた。

「二〇年前、私が犯した罪は甘火順の事件とは無関係です。罪状の詳細を私は話すことは出来ません。保密局に囚われていた時、私は、何人にも罪状を話してはならないと誓いを立てさせられました。あなたは警備総司令部の人です。あなたが私の罪状を、お知りになりたいのなら、保密局にお尋ねになってはどうですか！」と阿淘は、逆手を取って黙秘権に代えた。

「その手は食わんぞ！　保密局は我らで、我らは保密局だ」と菩薩先生はひどく機嫌を損ねて言った。しかし、どういうわけか、遂に、それについては追問がなかった。

「二〇年前に釈放されたと言うが、自由を回復してから二〇年になると言うのだな？」

「そうです。甘火順は五、六年前、釈放されたので、この両三年、連絡を取り、改めて行き来しました」

「オオ！　それで二人の往来は密接になったというのだな、違うか？」と菩薩先生は辛うじて尻尾を捉えたと思ったのか、狡猾《こうかつ》そうに微笑んだ。

「違います。学校での授業が忙しく、年に多くても数回しか会っていません。甘火順が犯したのは台湾共産党事件のようですが、私は違います！　私はただの友人として巻き添えにされたに過ぎません」

「お前は台湾共産党ではない。じゃ、台湾独立派なのか?」と菩薩先生はニコニコしながら、探りを入れて来た。

「私は三民主義の信徒です。いけないですか?」と阿淘は耐え切れず、一矢報いてみた。

「ほざくな!」菩薩先生は顔を赤くしながら、テーブルを強く打った……「傲慢無礼だ。お前とグズグズやっているわけには行かん。すぐに台北に護送せよ!」

「そうだ! その通りだ! こいつの傲慢を許すな。一発、お見舞いして、台北行きだ!」

あの暇を持て余していた一対の黒白の無常たちがパッと寝台から立ち上がり、凶暴な構えを見せ、阿淘を指さして罵り、論《あげつら》った。最後の一句は、こうだった……「こんなスパイは早く銃殺すべきだ。こいつを生かしておいて、どうするのか?」

阿淘は、このような尋問のやり口を自身の掌《たなごころ》を指すように、よく知っていた……彼らは通常、正・反の二つの組に分かれ、黒い顔をした方がもっぱら被疑者を威嚇し、次に白い顔をした方が蜜のような甘い言葉で慰め、懐柔して、彼らにとって必要な供述を被疑者から得ようとするわけだ。

「もうよい。彼も故意ではなかったと言うんだな!」と菩薩先生は尋問を順調に進ませるために、白い顔をした天使に扮《ふん》した。

「彼を訪問した時、お前に、どんな話をしたのかな?」

「はい! 熱帯魚を飼っていました。売るためだと。それから、細君が病院へ行って手術を受けたとか、そんな世間話です」

「止めんか！　俺が質問しているのは、甘火順が政府の腐敗とか、大陸の共匪《ゴンフェイ》（共産党の蔑称）が近々海を渡って台湾に攻め込んできたら、準備を怠らず、共匪を助け、政府の転覆を謀る、とか何とかを、お前に話したかどうか、ということだ……」

「そんなことは聞いたことがありません！」と阿淘は静かに答えた。

「俺たちが、お前らが相互に結託し、反乱を企てているのを知らないとでも思っているのか。本当のことを、どうしても言わんなら、拷問にかけねばならんぞ」

菩薩先生は急に烈火の如く怒り出し、阿淘の額を指さし、荒々しい罵声を放った。

手ぐすねを引いて待っていた黒白の無常は、この時来《き》たり、とばかりに阿淘の両側に立ち、彼の両肩を摑んだ。その指先は肩に食い込み、痛みが周りに広がった。

「ウーン！　気を付けよ。お前に聞くが、彼は、お前に、どんな出版物を読ませたか？」

「はい！　はい！」と阿淘は繰り返した。

黒白の無常たちは真面目に答えていると思ったのか、寝台に戻り、腰を掛けた。

「どんな本か？」

「月遅れの『台湾政論』と『中華雑誌』です」と阿淘は説明を続けた……『台湾政論』は康寧祥《カンニンシャン》が出しているもので、『中華雑誌』は貴党の胡秋原《フーチュウユアン》が出しているもの、皆、政府が発行を認可しているもので、合法的です！」

「ウーン！　エッ！」と菩薩先生は苦《にが》り切った顔をした。人に言えない隠し事があるようだった
……「腐り切った雑誌だ！　お前はいつも買って読んでいたのか？」

「違います。買ったことはありません。皆、月遅れで、甘火順にとって不用になったものです」

「よし、よし、雑誌のことは、これでよい。ほかに、彼から見せてもらったものはないのか？」

「一度、台湾文学の研究に興味を持っていると言ったら、尾崎秀樹《ほつき》の書いた『旧植民地文学の研究』という本を日本から取り寄せてくれました。もちろん、代金は払いました。彼の負担ではありません」

「台湾文学とは何だ？　旧植民地文学とは？　腹が一杯になって、することがないと、こんな妙なことにも手を出すのか？」

菩薩先生は死ぬほど厭わしくなった。阿淘が彼には理解できない新しい言葉を発する毎に命が縮まり、頭が破裂しそうになった。さらに、その間に筋道をつけなければならないと思うと、極端な混乱と恐慌に陥った。

「ほかに話すことはないか？」と菩薩先生は明らかに被疑の事実を聞き出すことができず、訊問を終わらせようとしていた。

菩薩先生は、サッと供述書の作成を終わり。阿淘に見させた。それは一問一答式に構成された探訪録のようで、誤字がいくつかあった。しかし、阿淘には関係のないことなので、心の中でひそかに冷笑しながら、文末に署名、拇印《ぼいん》を押した。

菩薩先生は、もう一枚、活版印刷された書類を差し出し、それにも署名をさせた。その内容は、ここで行われた尋問はすべて洩らすことは厳禁、もし洩らすことがあったら、法律の制裁を受けても止むを得ない、というものだったが。心穏やかならざるものがあった。もし今日のことを人に話した場合、この一条に抵触することになるのだろうか？

菩薩先生は重責を果たしてホッとしているようで、親し気な態度で阿淘をドアのところまで送り、丁寧にドアを開けた。

別れる時、菩薩先生は満顔に笑みを浮かべ、さらに念を押した……「どんなことでも話し忘れたことがあったら、すぐに戻ってきてくれ。われわれは、いつでも、あなたのお出でをお待ちしています」

簡阿淘は、それを聞いて泣くには泣けず、笑うには笑えなかった。菩薩先生は気がおかしくなったのではないか、と。

彼は急いで外に出た。腕時計を見ると、一一時半だ。急いで帰れば、弁当の時間に間に合うかも知れない。

船跡なし

中秋節から間もない陰暦一五日の早朝、高錦綢《ガオチンチョウ》は母親に付き添って天公廟《ティエンゴンミャオ》（上帝を祀《まつ》る廟）に行き何とか、焼香を済ませた。天公廟は彼女の住んでいる万福庵《ワンフーアン》の家から遠くはなく、歩いて一〇分余のところにあった。残念なことに、母親は身体が衰え、歩いたり止まったりで、三〇数分が必要だった。一八歳の錦綢の提げている篭には、線香と蠟燭と金紙[18]、それから飴と文旦《ぶんたん》が入っていた。参拝用のためだった。

「母さん、何日かしたら、網寮《ワンリャオ》村の叔父さんのところへ引越しだね。生活がチョッと楽になるかもね」と錦綢は天公廟の空の上をのんびりと飛んでいる鳩の群れを見ながら言った。彼女は網寮村での新生活を、美しい夢想で充満させていた。その海辺の小さい漁村での未来の生活が、この鳩の群れのように自由自在であることを望んでいた。

「父さんが横死《おうし》してから三年、お前と緞《トアン》が仕事に励んでくれたお陰で、何とかやってこれた。府城（台南）は親しい人が少ないし、やはり叔父さんを頼った方がよい。漁船を一艘持っていて、村では顔が利く人だ。お前や緞も、いくらか良い漁師の家に嫁がせることもできよう」

母親は四〇代半ばに過ぎないのに、顔一杯に皺が広がり、衰弱し切った老婆のように見える。

「嫁に行く行かないは、どうでもいいことよ。大切なのは人らしく生きることだと思う。父さんのように変な殺され方はダメよ」と錦綢は答えたが、それが母親に強い嘆きと涙を引き起こしたのを知った。しかし、依然として父親の死に対して不平不満の言葉を抑えることが出来なかった。しかし、母親の招娣《チャオティ》は雷に打たれたように天公廟の花崗岩の板を敷いた庭に足を停め、顔一杯に涙を流して動かなくなった。

「母さん、すみません！」と錦綢はソッと老母の肩を抱き、小さい声で慰めた……「泣かないで。天公廟の前で泣くのは不吉よ！」

「いつも不満でした。父さんは真面目で情の厚い人でした。それなのに、何の罪もなく殺されてしまった。どうして、あの人で、別の人ではなかったのですか？　天は間違ってます！」

母親は声を上げて泣かなかったものの、腹のなかは不平不満で一杯のようだった。

天公廟はいつも線香と蠟燭が真っ盛りの廟で、今日は陰暦一五日、礼拝の善男善女も少なくない。光復後四年、大陸の政府は台北に移されたものの、民生の疲弊は以前と変わりなく、参拝者が着ているのは、ほとんどがボロで、少数の金持ちだけが牛・羊・豚の供え物を用意できた。大多数は高錦綢親子のように飴や菓子、あるいは果物の類を提げての参拝だった。

親子は敬虔に線香を焚き、網寮村での新生活が順調で平安でありますようにと祈ったのち、外に出て金紙を焼いた。炉の中で燃え上がる金紙の炎を見て、錦綢の眼が潤《うる》み、涙の珠がポロポロと頬にこぼれ落ちた。すぐに乾いたが、それが煙に燻《いぶ》されて出て来たものか、それとも三年来の心痛が積み重なって生じたものか、彼女にも分からなかった。

錦綢が金紙を焼き終わり、廟の中に帰り、お供え物の後始末をしようとした時、偶然、廟の右側にある日本統治時代の日本天理教教会の跡地に眼が行った。そこには、木造の平屋があり、立派な玄関が付けられていたが、その玄関から本順《ベンシュン》兄さんが帆布製の道具袋を手に提げ、胸を張って出て来るのが見えたのだ。本順兄さんは大工で、こんなところに現われるのは、ほとんどないことで、いつもは府城の大通りや路地に出没、時にはバッタリ顔を合わせることもあった。彼には、これといった作業所はなく、府城ならば、どこでも出会う可能性があるわけだ。府城を離れようとする今、偶然にも彼と出会ったのは、別れを告げる絶好の機会の到来だ、と言い表せないほどの喜びを錦綢にあたえた。

「本順兄さん！」と彼女は母の驚く顔に構わず、喉も破れよとばかりに大声で叫んだ。

錦綢の声は李本順に届いたのは確かで、彼女は本順が顔を上げて彼女のいる辺りを見たのを、ハッキリ見ることが出来た。声の主《ぬし》が錦綢であることも知ったようで、顔が綻び、笑いが浮かんだ。彼女は彼の真っ白な八重歯を見、さらに彼が喜び勇んで彼女の方へ歩いて来るのを認めた。

錦綢は本順が好きだった。彼がいつも本当に遠慮深く一声、彼女を「姑娘《クーニャン》」と呼ぶのが気に入っていた。死んだ父親烏嘴《ウツイ》は左官に過ぎず、彼女も名門の閨秀ではないが、本順は彼女を「姑娘」と呼んだ。たしかに、それは彼の真面目さから来ているもので、彼女もいくらか恥ずかしく思いながらも、そのような呼び方を受け入れていた。錦綢は、そのような丁寧で大人びたところ、それから時に見せる粋で垢抜けしたところも気に入っていた。

彼女が網寮村に引越しすることを話そうとした途端、本順が突然、微笑みを収め、抜き足で、もう一本の路地に慌てて走り出すのを見た。間もなく、その後ろ姿が路地に消えた。すると、そこへ二人の阿山《アシャン》(外省人)らしい雲衝《くもつ》くような大男が緊張した面持ちで、あちこちに眼を配りながらやって来た。本順を、ひたすら追って来たような按配だった。二人は路地の入口で顔を寄せて何やら話していたが、追跡は止めにしたらしく、罵声を発して不満気に去って行った。

「本順兄さんを捕まえにきたのかしら?」

「まさか兄さんが罪を犯したとは?」

「しかし、彼らは悪党の手先のようだった!」

多くの疑問が彼女の念頭に湧き上がったが、どうしていいか分からなかった。本順兄さんの災厄は父親の時よりも深い、刺すような痛みを彼女にあたえた。父が死んだ時、彼女はまだ一四歳で、世間知らずだった。

青色の線で雛菊を描いた大きな磁器の碗を使って金鸞《チンルアン》姉さんは、錦綢が持ってきた亜鉛製の桶からユックリと一碗《ひとわん》づつ海水をすくって、彼女の横に置いた桶に注いだ。彼女は海水をすくいながら、歌仔戯《クーツァイシー》(台湾オペラ)に似た節回しを使って碗の中にあるミルクフィッシュのシラスを数えて行った……「二〇匹……」「また三二匹……」「またまた一七……」と彼女は目敏《めざと》く、手も早い。決して数え間違ったことはない。お椀の中にある透明な糸のような短い線、眼の辺りだけが黒い点としか見えないシラスの一匹も彼女の鋭い視線から逃れることは出来なかった。これは彼女の絶妙な特技で、網寮村三〇〇余人の漁師のうち、これほどの腕前を持っているのは何人もいなかった。

「阿綢《アチュウ》、今朝は沢山獲れたね。二百匹以上あるよ！　一匹一角、合計二〇元一〇角だよ！」

金鸞姉さんは魚鱗が張り付いて汚れた腰帯から一〇元紙幣二枚と一角アルミ貨幣一〇個を摑み出し、錦綢の手に渡した。

「金があっても何の足しにもならない。薩摩芋が一、二袋買えるのが、ようやっと」と錦綢は口を尖らせた。

「本当だよ。阿山らは政治をする腕前がないね。汚職ばかりで、日本の奴らの時代よりも暮らしがきびしいね」と金鸞は恨みを漏らし始めた。

「でもまあ、あたいらには海がある。天は愚か者も可愛がるから、あたいらも飢えて死なせない。一昨日、母さんが一〇キロばかりのシラスを持って府城に行商に出かけ、売ることが出来て、古オーバーを買い、叔父さんに上げたよ。冬、海に出て魚を捕る時、暖かいようにとね」と錦綢は少し嬉しくなって来た。

「阿元《アユワン》兄さんは誠実で情の厚い人、あんたたち親子の面倒もよく見てる。オーバーを送るのも、当然のことね」

錦綢は右手に竹に張った網を持ち、左手に亜鉛製の空桶を提げて家路を急いだ。空はすでにスッカり明るくなっていたが、魚臭い道に茂る野草の上の、透き通って光る露の珠は依然として彼女の裸足を濡らした。彼女は真夜中ズッと頭だけを残して全身を海水に浸して歩き回り、網を動かしていたので、たしかに強く疲労を感じていた。幸いにも夜の海水は温かったので、嬰児が母の懐に抱かれているようだったが、網をたたんで岸に上がる頃には骨を刺すような冷たい風が吹きはじめ、身震いをするほどだった。それで、急いで海辺に密生しているタコノキの下で衣服を替え、メリヤスのシャツを纏《まと》って快適となった。妹の阿緞《アトアン》も昨夜、一緒にシラス捕りに出たが、海辺では二手に分かれた。彼女はチョッとつむじ曲がりで、姉と同じところで仕事をするのを嫌がったので、阿綢はそれに従っている。辺りには、すでに阿緞の姿が見当たらなかった。とっくに家に帰ったのかも知れない。

夜明けの輝く陽の光を浴びた、部落の外にある薩摩芋畑の中を歩いていると、遠くに白いブラウスに黒いスカートを穿き、花模様の日傘をさした呉素蓮《ウースリエン》先生が向こうから軽快に歩いてくる姿が見えた。呉先生は彼女の国民学校六年生の時のクラス担任で、妹の阿緞の先生でもあった。妹とは一歳しか違わず、太平洋戦争の末期、ともに府城末実《モーシー》国民学校の生徒だった。呉先生はおおよそ二四、五歳で、未婚。以前の台南州立第二高等女学校の卒業生で、そこで五年の課程を終えただけではなく、さらに一年の師範課程も修了、府城の国民学校の教員になったとのことだ。どうして、その後、府城の繁華街から、この辺鄙な漁村の教師になったのか、錦綢には理解できなかった。それはとにかく、錦綢親子が網寮村に引越し、生活し始めた時には、すでに呉先生は、ここに教師として赴任して来ていたのだ。

錦綢は呉先生と出会う時、いつも美しい人だと感じていたが、その美しさがどこから来ているものなのかを説明できなかった。先生は、ホッソリした長身で、パッチリとした両眼を持ち、声も柔らかで小さかった。裁縫も好きで、錦綢の姉妹が先生の単身者用の宿舎を訪ねると、二人に、白のテーブル掛けやセーターの編み方を教えてくれた。錦綢は、いつも先生が、その繊細な指を使って巧妙に花模様を編み出して行くのから目が離せず、ウットリとして我を忘れた。錦綢はまた時には一、二尾の鯛や、叔父さんの畠で出来た落花生の類を手土産に持って行き、家事の手伝いもし、その中で醬油と砂糖で幼魚や小海老を煮る「佃煮」、巻き寿司などの日本料理の作り方も手ほどきを受けた。先生は先生に違いなかったが、彼女の心の中では伯母よりも親に近かった。

「阿綢よ、あなたを探しに来たところです。お母さんがシラスを捕りに行ったと言うので！」と先生は笑いながら言った。使っているのは標準的な東京訛の日本語だ。

「このところ、忙しくて、宿舎をお訪ね出来ませんでした。何か御用ですか？」と錦綢も日本語で答えた。二人の会話は習慣がさせることで、いつも台湾語ではなかった。

「李本順という人、知っている？」と先生は声を抑えて言った。

「知っています！」錦綢の顔が思わず、赤く染まった……「彼も先生の教え子だったんですか？」

「違います！」と呉先生はキッパリ言った……「いつも、わが家に出入りし、家具や壊れたドアの修理をしてもらっています。腕の立つ大工さんですよ……」

「それは知っています。一年前、天公廟に焼香に行った時、会ったんですが、話が出来ませんでした」と錦綢は、本順が急に路地に逃れて行った時の孤立無援の後ろ姿を鮮明に思い出したが、そのことは話さなかった。

「どうして私がここにいるのを知ったのか、昨晩、私を訪ねて来ました。ここで仕事を見つけ、一ヵ月ほど暮らしたいということでした。けれど、私のところに住まわせるわけにはいかないし」と先生は義理が済まない風で、声が少しかすれた……「叔父さんの関係で、どこか住むところがないかしら?」

「家に物置部屋があります。今は何も置いていませんが、竹の寝床があります。本順兄さんが嫌でなければ、そこでは、どうでしょうか。それに母さんも阿緞もよく知っています。昔、隣り合わせに住んでいましたから!」と錦綢は興奮気味に即答した。

「じゃあ、朝御飯を食べさせてから、お家《うち》へ行かせていいかしら?」と呉先生は言った。

「荷物運びを手伝いに行きましょうか?」

「荷物? 布団も持っていませんが、宿舎に余分のものがあるから、持たせます。ほかには、一時《いっとき》も手放せない商売道具があるだけですよ!」と先生はホッソリした鼻頭に浮き出た汗の珠を、しきりにハンケチで拭った。太陽はすでに高く揚がり、遠くまで広がる海は一面、錫の板のようで、灼熱の陽の光を反射していた。

高錦綢は家に帰り、本順を住まわせることになった事情を母と阿緞に話した。

ポンプを上下させて衣服を洗う母に水を送っていた阿緞は、姉の話を静かに聞いていたが、無表情で、何の意見も口にしなかった。母の方も蹲《うずくま》って衣服を揉んでいたが、すぐには決められない様子だった。

「物置部屋は少し片付ければ、お互い往《ゆ》き来《き》するのに問題ないけれど、阿順と食事を一緒にするかのね？　阿順だけ別にして、三度の御飯をお世話するのは、チョッと無理だし。それに、嫁入り前の娘がいることだし、世間様に何と言われるか？」

「食事を一緒にするかどうかは、阿順兄さんの意見を聞いてみたら。私や阿緞が後ろ指を指される心配は無用よ。母さんも本順兄さんが正直で、情が厚いのは知ってるでしょ！」と錦綢は真っ赤になって母に抗議した。

「くだらないわ。母さん、疑い深いよ！」と錦緞は京劇風に顔を膨らませて母を責めた。

姉妹は汗だくになって物置部屋を清掃し終わると、もう正午だった。

本順は呉先生から借りた布団を担ぎ、左手には工具を提げて、大股で歩いて来た。遠くから家の前で彼を待っていた親子に挨拶をした……「小母さん、二人のお嬢さん、今日は！」と愉快に言った。

「阿順よ、前より黒くなり、身体もズッと逞しくなったね！」と娘たちの母は眼を細めた。

「毎日、炎天下で仕事をしているから、真っ黒に焼けますよ？」と本順はサッパリと言ってのけた。

「御飯が先、お話は後にしましょ！」と錦綢が言った。

御飯は米よりも薩摩芋が多かったが、お菜は豊かだった……醬油と砂糖で味付けした焼魚とシラス、それに小海老と、牡蠣とキノコの入ったスープだった。錦綢は箸を使いながら、本順をシゲシゲと眺めていた。一年前、天公廟で本順を見た時には、身体は少し細めで、顔には脅えるような表情があったと記憶するが、その後、どこを放浪していたのか、今は身体もスッカリ成熟して逞しく、チョッと世間ずれした感じもないではないが、顔にはシッカリとした線が刻まれていた。本順は大口を開けて御飯を掻き入れているが、その輪郭のハッキリした唇を見ると、その周りには黒々とした鬚《ひげ》が生えていた。思わず思慕の念が心に湧き上がり、箸を落としてしまった。

「姉さん、箸、箸！」と錦緞は指で姉の腰を強くつついて、クックッと笑いが止まらなかった。

御飯が終わると、錦綢は心配になって、本順と物置部屋に行き、また戻って下駄を持って来た。そして、お茶も入れた。

「高姑娘《ガオクーニャン》、このたびは御迷惑をお掛けします！」と本順は心を籠めて言った。

「姑娘と言わないで！　阿綢と呼んで下さい。一〇年来のお隣さんで、父親同士、仕事仲間だったんじゃないですか！」と錦綢は口を尖らせた。

「一緒に住んでいるからには、俺は皆さんの家の一分子です。皆さんと一緒に食べ、皆さんが食べたのと同じものを俺も食べます。ここは漁村なので、漁船を修理できる大工が必要です。だから、仕事があるはずで、金が手に入ったら、母さんに渡したいと思ってます」と本順は言った。

「私たちは貧乏人、母さんは気にしていませんよ。お金は自分のために使って！」と錦綢は頭を下げ、恥ずかしそうにスカートの端をつまんだ。小さい時から一緒に育ったが、何年も離れて親しく話を交わす機会もなかったので、錦綢には遠慮があった。

「阿綢《アチュウ》、俺たちは兄妹同様ではないですか？　阿綢の家は俺の家、どうして俺に父母がないと言えますか、母さんは俺のお袋《ふくろ》です！」と本順は感情が高ぶって来たようで、手を伸ばして錦綢の冷やかな小さい手を摑み、軽く揉んだ。熱気が錦綢の全身を貫き、広がって行った。その熱気に堪えられなくなり、「本順兄さん、放して！」と、か細い声で言った。

「阿綢、父さんが、どうして死んだか、覚えていますか？」と本順は手を放して、語気が一転、厳粛となり、現実的な昔話となった。

「あの時は、まだ一四歳、台湾に、あの動乱――二二八事件が起きました。父さんは朝早く打狗《タカオ》塩埕《えんてい》(19)に出かけて行きました、そこの商店の塀を作るとかで。ところが午後二時過ぎ、一緒に行った左官の啓《チー》さんが急に局営バスで戻って来て、高雄駅の地下道からプラットフォームに出たところで、父さんが大陸から来た兵隊に殺され……」と錦綢は熱い涙が眼に溢れ、嗚咽で話が途切れてしまった。

「それから！」と本順は真面目に促した。

「高雄駐在の兵隊が地下道からプラットフォームに出るところに重機関銃を据え、全部殺してしまったそうです。啓さの言うのには、自分は列の一番後ろにいて、前を歩いていた何十人の者が撃たれたので、そこから抜け出し、後ろに戻り、幸いにも命拾いをしたとのことです……」錦綢は、以上の遭遇した事件について語った時の啓さんのなお脅えていた表情を鮮明に記憶していた。

「父さんの遺体は探しに行ったんですか？」

「行っていません！　母さんは、どうしても遺体を引き取りたいと泣き叫びましたが、近所の人たちは時局がとても不安定、高雄に行くのは、ムダに生命を捨てに行くようなものだと言って、母さんや私たちを行かせませんでした。一〇数日になっても、父さんの生死について何の音沙汰もなかったので、親切な人に高雄に行ってもらって、聞いてもらったところ、惨殺された人々の屍骸は皆んな大陸から来た兵隊たちが、大きな軍用トラックに載せ、処分したようですが、埋葬したところは分からないとのことでした。母さんと私は探すことは止め、父さんは間違いなく横死だと思いました」と錦綢は虚ろな眼でボンヤリと前の方を見詰めた。心の中の悲哀と苦痛をすべて表現し切れていないといった様子だった。

「烏嘴伯父さんは立派な人で、やましいことがないのに、なぜ死ななければならなかったのか、不公平極まると思ったんじゃないかな?」と本順は思うところがあるようで、静かに言った。

「運命です！　父さんは運勢が悪かったんです！」と錦綢は言った……「天は眼が潰れているんです」

「天は父さんを殺していない！　父さんを鉄砲で殺したのは大陸から来た兵隊です！」と本順はキッパリ言った。

「大陸から来た兵隊?」

「そうです。大陸から来た兵隊が父さんを殺したのは事実で、天とは何の関係もありません。じゃあ、大陸から来た兵隊がどうして父さんを殺す必要があったのか?　まさか、兵隊たちが腹が一杯になって、することがないから、楽しみに人を殺したとは?　違います。背後に彼らを唆《そそのか》した人間がいたのです。彼らも人間です。殺人が罪悪であることを知らないわけがありません！」

「じゃ、誰が本当の下手人ですか？」と錦綢は、これまでこのような話を聞いたことがないので、唖然《あぜん》とした。

「大陸から来た兵隊の背後にある巨大な力、人間を死に向かわせる統治の力を考えたことがありますか。これは、あの四脚仔《スージャオツー》(20)（日本人の蔑称）による統治時代にも味わったものですよ。あの時、俺たちは、これは日本による運勢だと恨みを込めて罵ったのではないですか？」

錦綢は夢にも本順がこのように事の経緯をスッキリと説き明かして行く力量を持っている人間だとは思っていなかった。呆気《あっけ》に取られて意気盛んな本順の顔を見詰めていた。これまで見たこともない別人のようで、これまで知っていた穏やかで大人びた本順は全く見えず、眼の前にいるのは、火の洗礼を受けた、新しい李本順だった。まさか、この一年の、別れていた間に、別の天体に行き、頭脳も姿もすっかり変わってしまう経験をしたのだろうか？

「阿順兄さん、じゃ、台湾に新しく来た大陸の政府が下手人だと言うんですか？　四脚仔と同様、私たちを死に向かわせると？」と錦綢は恐ろしくなって来た。

「阿綢よ、俺は本当のことを言っている。今後、体験を積んで行けば、俺の言ったことに少しもウソでないということがわかると思う」

本順は忽《たちま》ちやさしくなり、彼女の手を軽く打った。自分が傍にいるからには、怖がる必要はないとでも言うように。

良元《リャンユアン》伯父さんが所有する漁船「金吉利《チンチーリー》」は三〇トンの機動船で、いつも早朝に出発して、翌日の夕方、網寮港に戻って来た。獲るのは雑魚で、近海で遭遇する魚群は、どれでも捕獲し、一種類の魚に限定しなかった。太平洋戦争末期、油が手に入らず、漁は少なくなり、何年來、船は港に停泊を余儀なくされた。そのため、木造船の船体のあちこちは海水によって侵蝕を受けていた。

李本順はもともと家を建てる大工で、船体の修理は不得手ではあったが、船体の修理にも難なく応じ、仕事は豆で、ズルけることもしなかったので、錦綢の伯父さんの許《シー》良元との間に段々、厚い友誼を築いて行った。労働に従事する者は身に付いた技術の精度と勤勉を重視する。良元伯父さんは次第に本順を重く見るようになり、知己となった。それは自然の成り行きで、良元伯父さんの賛美が口に絶えないことから、網寮村の漁民たちも本順との間に気持ちを深く通わせるようになって行った。本順は工賃の多寡は気にせず、金のない漁民には工賃の代わりに肴やエビを受け取った。もっとも奇特なのは、約束を堅く守ったことで、稼いだ金はすべて実の母代りと見なした招娣《チャオティ》に渡した。しかし、招娣親子はその日常生活の歩みを停止することはなかった……牡蠣の殻を剝き、シラスを捕り、漁船が港に戻れば魚を箱に収めるのを手伝い、破れた網を繕い、さらには府城に魚やエビの行商に出かけるなど、彼らの両手は休む暇がなかった。そのため、三度の薩摩芋御飯が白米だけの御飯となり、二度と薩摩芋の細切りを食べることもなかった。膳に上るお菜はこれまで海鮮類だけだったが、今や鶏や鴨、魯肉飯《ルーロオファン》(21)が加わった。

或る晩、楽しく食卓を囲んで晩御飯を食べていた時、招娣母さんが言った。

「阿順よ、この二ヵ月で工賃がだいぶ貯《た》まって、三百元以上となった。学校の先生の給料の三ヵ月分に当たるけれど、家《うち》には必要ない。これは、お前の結婚資金とする。使わないで、私がしばらく保管して置く。漁会に預ければ、利息も生ずるし」

「母さん、それは俺のものじゃありません。家を買う足しにして下さい！　どうして俺の結婚資金？」

「まさか女房が要らないとでも？　一家を作らなければならないでしょ」

本順は何とはなしに錦綢の眼を見た。この問題の答えは彼女の身にあるかのようだった。

「母さん、阿順兄さんが、お金を預けたのは未来の結納金のつもりですよ！　気に掛ける必要はありません。計画を進めたら……」

脂身を口に入れた、目敏《めざと》い錦緞は二人の姿をジッと眺めて、クスッと笑って、脂身を飯碗《めしわん》の中へ吐いた。

「阿緞、俺が渡したのは、阿緞の嫁入り道具を買うためだよ！　そうじゃないかね！」

本順の反応は早かった。一矢を報いたのだ。

「阿順兄さん、あなたの口がこんなにクセが悪いとは思わなかった！」

「仕方ないよ、礼には礼、だよ！」

「喧嘩は止めて。ウン、少し分かってきたわ。もともと……」

母親は満足気に本順の眼を見たあと、その眼を長女の上に移すと、そこには、両頰を桃の花のように赤く染めた長女がいた。

本順は御飯が終わると、錦綢に、あとで自分の部屋に来るように目配せをした。彼女はスターフルーツを切って盆に載せ、本順の部屋に行った。

「阿綢よ、自分に少し隠し事があって、これまでハッキリさせて来なかったが、今日はハッキリさせたい。そうでないと、二人の間に予期しない食い違いが生じ、回復できない恐れがあるかも知れないから」と本順は、いつものように錦綢の冷たい手を握った。彼の決心を、それによって伝達するかのように。

「どんなこと？　じゃ深刻で、怖いことね！」

「一年前のこと、天公廟でバッタリ顔を合わせたことがあっただろ？　話をしたかったんだが、できませんでした。あそこから逃げ出さなければならなかったんで……」

「二人の阿山《アシャン》（外省人）が、あなたの後を追っているのを見ましたよ。二人は、どういう人ですか？」

「そうですか！　二人は保密局の人間で、俺を捕まえて牢に入れようとしていたんだ」

「お先棒なのね？　阿順兄さんは、どんな悪いことをしたの？」

錦綢の心に脅えが走った。

「阿綢、世間でいう悪いことは何も俺はしていない。ただ、俺は一つの団体に参加しているんだ」

「どんな団体？」

「政治団体で、《台湾民主自治同盟》というのです」

「なぜ台湾民主自治同盟と言うの？」

「謝雪紅《シェシュエホン》(22)の創めた政治団体で、その目的は台湾を台湾人を主人とする国家にさせるというものです。もちろんのこと、金持ちを主人とする国家ではなく、俺らのような貧しい人間を主人とする国家です」

錦綢は、これまでそんな複雑なことを考えたことはなく、その可憐な頭脳は国家とか政府とか人民とか、そんな概念で作られていなかった。ただ彼女にとって疑いのないことは、本順への絶対的な信頼だった。彼女の愛は本順の話すことは皆、誠意があり、真心があると彼女に固く信じさせていた。

「阿綢よ、二人がいつまでも一緒でいるためには、考え方も一致していなくてはいけない。二人の心が熱く結ばれているだけではなく、考え方においても好ましい暗黙の了解がなくてはいけない」

「阿順兄さん、あなたの言っていることは、よくは分かりません。うちは愚か者ですが、学習したいと思います」

「阿綢の言っていることは正しい。学習の二文字こそが大切です。不断の学習、不断の実践こそが俺たち労働人民にとって肝心の元手《もとで》です」

本順は重荷を下ろしたかのように、ホッとして一片のスターフルーツを口に放り込んだ。そして手を伸ばして錦綢を抱きしめ、彼女の頬にキスをした。本順の口から発するスターフルーツの酸っぱい匂いが彼女の鼻を衝《つ》いた。

「これから、俺は呉素蓮先生の宿舎に行かなくてはならない。阿綢も来て！　けれど、一緒ではなく、別々に」

「こんな遅くにですか、呉先生は早くに寝ます。起こしてはいけないのでは」

「……」

本順はただ笑って答えなかった。そして機会に乗じて、もう一度、彼女を強く抱きしめた。

錦綢は母親が豚に餌をやり、家の中をアチコチしたあと、眠りに就いたのを見届けたのち、マントを着て、ドアを開けて外に出た。一緒の部屋に寝ている阿緞は時々コッソリ抜け出し、夜遅く帰って来ることがあった。しかし、阿緞は、どこへ行き、何をしているのかについては彼女には話さなかった。それを聞き出そうとすると、眼を怒らせた。そのため、錦綢は早くから、それを諦め、この性格の全く異なる妹には構うことをしなかった。

彼女は呉先生の単身者専用の宿舎を訪問する時には、いつも勝手口から入ることにしていた。台所は土間になっていて、そこに靴を脱いで上がると、七、八坪の畳敷きの部屋になる。そこは、この宿舎の客間で居間、食堂を兼ねていた。その部屋の襖《ふすま》の向こう側に小部屋があり。そこが呉先生の寝室だった。

錦綢は台所のガラス戸を開けて部屋の中を見てビックリした。呉先生と本順がそこにいるのは当然だが、ビックリしたのは、許良元伯父さんや妹の阿緞の顔も眼に飛び込んできたからだ。これは尋常ではないと彼女は思った。

「伯父さん、どうしてここに?」と錦綢は尋ねずにはいられなかった。

「来《く》るべき人間は早くから来てる。お前は新米だということじゃ!」と良元伯父さんは嬉々と笑いながら、ふざけたように答えた。

彼女がよく知っている人のほかに、もう一組の見慣れない男女がいた。男の方は二五、六歳で、張永邦《チャンヨンパン》といい、魚の行商人で、金鸞姉さんの甥に当たる。もう一人の女の方は三七、八歳のオールド・ミスで、鄭昆玉《チェンクンイー》といい、網寮村国民小学校の先生。鄭は食卓の上にノートを開き、右手にペンを握り、走らせていた。顔を伏せたままだった。

「阿綢よ、阿緞の横へ坐って下さい!」と呉先生は威厳はあるもののやさしく、思うところがあるかのように命じた。

「始めてよいでしょうか?」と本順が呉先生の意見を聞いた。

「始めましょう!」と呉先生が言った……「最初に高錦綢を私たちのグループに参加させる件を提議したい。彼の父親高烏嘴は労働者、左官で、二二八の時、高雄駅で反動の打狗《タカオ》要塞の大陸から来た兵隊によって撃ち殺されました。この一点によっても彼女は私たちの同盟に参加するのに十分な資格があります!」

「高錦綢姑娘は、すぐれた同志、許良元伯父さんと高錦緞姑娘の親族で、一家の人は潔白、みな圧迫された労働人民に属していると信じています。俺自身も彼女が俺たちの同盟に参加するのを歓迎します。皆さん、何か意見がありましたら、御遠慮なく、すべて民主的な方式で決定したいと思います」と本順は冷静な口調で言った。

「高錦綢姑娘が潔白、労働人民に属していることは事実です。彼女の階級意識や本同盟が追求している政治目標に対して明確な認識を持っているかどうかについては、よく分かりません。本同盟は小資産階級との連合を追求して統一戦線を樹立し、無産階級の専政を達成することを目的にしているだけではなく、さらに大きな目標を、ファシズム独裁を引っ繰り返し、台湾人を主人とする新国家を建てることに置いています。したがって、私は高錦綢姑娘が、これから必要な学習を受けてから、評価を待って入党を認めるのが穏当ではないかと思います」

錦綢は、あまり字も読めない魚行商人の張永邦が、このように力強く、彼女がその半分を理解できない話を滔々と述べるとは夢にも思わなかった。

「姉は非常に善良で賢い人で、彼女にとって理論は重要じゃありません。実行力が大切です。私たちは労働者です。必ずしも高遠な理論を分かる必要はありません」意外なことに、妹の阿綴もまた難しい言葉を使って自分の意見を、ハッキリと述べた。このことも錦綢の眼を大きく見張らせた。

「阿綴の言っていることは正しい。身を以てする実践が肝心じゃ。無駄話にどんな価値があろうか？」と良元伯父さんは阿綴の援護をした。

「鄭先生、ほかに意見がないようです。決議として、台湾民主自治同盟は高錦綢の入党を許す、本日より有効、と記録して下さい。彼女の教育については本順同志が責任を持ち、会議毎に教育の成果を報告し、グループの査定に供して下さい。これで、いかがでしょうか？」呉先生は毅然として決定を下した……「しかも、二人は恋人同士です。彼による彼女の教育は必ず順調に進むと思います」

オールドミスの厳粛な鄭先生が頭を下げて記録を続け、笑おうともしないほかは、みなホッとし、顔を綻《ほころ》ばせた。

「近頃、伝わってくる噂はあまりよくありません。光復以後、台湾人民は労働の神聖や、勤倹《きんけん》して家を持つという、よい習慣を忘れ、他方、上流階級は政権に身を寄せ、政党と政府が結託して私利を謀ることが一般的になりました。それで、無産階級の一部も大陸から来た歪んだ考え方に感染し、中には不幸にして彼らの手先となっています。日本統治時代の三脚仔《サンジャオツー》（統治者の手先）(23)と何の違いもありません。皆さん、努めて言行に注意し、組織を破壊されないようにしましょう」

呉先生が以上のように厳粛に警告を発したのち、グループ会議は閉会が宣告された。

彼らはそれぞれ別々にヒッソリと宿舎を出て、暗夜の中を家に帰った。

「阿綢よ、どう思った?」錦綢が宿舎の背後から近道に入った刹那、本順が忽然として影のように現われた。

「阿順、うちにはみんなの話すことが、よく分からなかった。うちらにも、うちらのような貧乏人は一致団結してこそ未来に希望があるということは分かります」と錦綢は言った。

「阿綢よ、信じなくてはいけない。俺たちの歩んでいる道は正しく、俺たちの不断の努力によって、この台湾の大地に人間の楽土が出現するのだ」

本順は錦綢を軽く抱きしめた。彼女は、本順の身体から発散してくる男性特有の臭いを嗅いだ……

汗の臭いと、太陽に焼かれた肉の臭いと、木材が鋸で引かれた時に発するような芳《こう》ばしい男の臭いが混ざり合ったもの。彼女の意識は段々と朦朧となり、心臓は波打った。本順の呼吸も切迫し、その唇は彼女の紅い唇を探し当てた。彼の手は彼女の衣類を開いて胸部を探り、彼女の秘密の桜桃のように赤く跳ね上がった突起にも触れた。

彼女は遂に一切の抵抗を放棄し、地上に崩れおちた。彼らの頭上には、常盤御柳《ときわぎょりゅう》の大木が微かな星の光も遮っていた。本順も初めての経験のようで、落ち着いて相手を思いやることが出来ないばかりか、粗暴にコトを運ぼうとしていた。彼女は全身を裸にして彼の身体の下に入り、女性の敏感な感覚で彼が彼女の内部に入ってくるのを受け入れる準備をした。彼女には、どんな罪悪感もなかった。彼女は早くも自分が本順のものであることを知った。あとはただ愛の最後の荘厳な儀式が終わるのを待つだけだった。

春が早く過ぎ去ろうとしていた或る日、錦綢・錦緞の二人の姉妹は、それぞれ鰹を入れた二つの篭を担いで府城に行商に行った。早朝、良元伯父さんの機動船は港を出て、それほど進まないうちに意外にも鰹の大群に遭遇、休む暇なく、不断に網を入れて、おおよそ千キロを捕獲することが出来た。太平洋戦争の末期、漁船の多くは港に避難し、漁に出なかったので、台湾海峡の魚族は明らかに繁殖に繁殖を続けていた。

一〇数分も歩かないうちに、錦綢は胸部がムッとして、吐いたらスッとするのではないかと感じた。彼女は喘ぎ、天秤棒を下ろして、深呼吸をした。

目敏《めざと》い阿緞は、とうに気づいていたが、それを言い立てず、姉に続いて停まった。

「この何日か、どういうわけか、身体がだるいの。御飯を食べ終わると、すぐに吐き出したくなる。胃が病気になったのかしら?」と錦綢は自問自答的に言った。

「府城に行ったついでに、医者に診てもらったら?」と錦緞は口籠るように言った。

「診察代はどうするの? 魚を売らなかったら、お米も買えないよ!」

「でも健康も大事よ。姉さんは病気じゃないし……」

「ハッキリ言って。途中で止めないで」

「姉さん、すっぱいもの、食べたくない?」

「そうだけど? どうして知ってるの?」

「姉さん、それは……」錦緞は顔を真っ赤に染め、姉の腹部を指さし、おどけた顔をした。

「アア、それ……」錦綢は理解し、あの晩の常盤御柳の樹の下での情景、それから何度か阿緞に内緒で本順の物置部屋に行き、情緒纏綿《てんめん》たる時を過ごしたことなどを思い出した。阿緞は早くに知っていたかも知れない。

「姉さん、決して恥ずかしがることじゃないよ。結婚しているか、していないかは問題じゃない。愛し合っているかどうか、何も恐れる必要はないよ」と錦緞は言った……「うちら女性は封建的な桎梏を打破しなくてはいけない」

「阿緞、お前はえらいね。分かった。いつも診てもらっている鄧《タン》先生がいいかしら? 美味しい饅頭を売っている万川《ワンチュワン》餅屋の横にある順生《シュンシャン》医院の」

「姉さんに子供ができた。本順兄さんに婚礼を挙げるよう、言うべきよ」と錦緞は言った。

姉妹は武廟《ウーミャオ》（関帝廟）から普済殿《プーチーディエン》一帯に至り、声を揚げて、ひとしきり魚を売った。鰹が非常に新鮮な上、値も安かったので、貧しい人々には喜ばれ、午前中に売り切ることが出来た。空になった篭を担ぎながら、「石鐘臼《シーチョンチュウ》」で二皿の米糕《ミーガオ》（米粉を主に作った菓子）と一椀の魚丸湯《イーワンタン》（魚のすり身団子の入ったスープ）をソソクサと腹に入れ、飢えを満たし、順生医院に向かった。「石鐘臼」から万川餅屋付近までは大分距離があった。晩春の天気はうららかで、寒くも熱くもなく、およそ三〇分ほどで着いた。万川餅屋の前には、多くの客が集まり、饅頭《マントウ》や肉粽《にくちまき》を争い買っていた。非常な賑わいだったった……府城の人はもともと美味しい点心を食べるのが好きで、奇とする光景ではない。二人を驚かせたのは、隣の順生医院が、この真昼間、玄関が閉まって、患者の姿が全く見えないことだった。順生医院は二代に亘って府城で名声の轟く名医で、患者が陸続として絶えることがない繁盛ぶりだった。昼休みの時間でも玄関は閉まってはおらず、道路上から中へ入って行く患者をはじめ、待合室で新聞を読んだり、世間話に興じながら、鄭医師の診断を待っている、数多の患者の姿も見えた。しかし、今日の順生医院は喪に服しているかのように、ヒッソリ静まり返っていた。

錦緞の行動は素早かった。肉粽を提げて帰ろうとしていた老婆を引き留めて、小声で尋ねた。

「お婆さん、うちらは病気を診てもらいに来た者ですが、どうして医院は閉まっているんですか？」

総白髪《そうしらが》の老婆は辺りをサッと見渡したあと、声を低くして言った……「別の病院に行かれるとよい。

ここにウロウロしていてはいけないよ」

「どうして?」

「オオ、田舎から来た人たちだね。昨晩、府城で起きたことを知らないようだ。真夜中、沢山の人が逮捕されたということだよ。この病院の鄭先生や奥さんも、その中に入っているとのことだよ」

「どういう犯罪なの?」と錦緞は何も知らない風を装って尋ねると同時に、彼女の心臓は鼓動が早くなった。禍々《まがまが》しい黒い雲が忽ち大地を蔽った。

「それは、もちろん政治犯だよ!」と老婆は言った……「早くここを離れたほうがよい。病院の前にウロウロしているのは、とっても危険だよ!」

「分かりました。ありがとう!」

錦緞は錦綢に目配せした。二人は篭を担いで、すぐに駅に向かい、できるだけ早く網寮村に帰ろうと先を急いだ。

「姉さん、呉先生の言ったことは正しかった。政府は行動を始めた。これは府城だけのことではなく、省全体に及んで行く現象じゃないかと思うわ。帰ったら、すぐに呉先生や本順兄さんや、ほかの人にも知らせて、対策を立てなければ……」

「うちらは皆、捕まえられるの?」と錦綢は片手を胸に置き、しばらくボンヤリとしていた。

「姉さん、知らなくては、政治は無情で、うちらの命は風前の灯《ともしび》だということをね。覚悟が必要よ」と錦緞は口をシッカリと結び、下車すると、姉の手を引いて走り出した。

ハーハーと息をつきながら、網寮村国民小学校に着いたが、呉先生は授業中だった。二人は教室前の樟《くすのき》の下で休みながら、授業の終わるのを待った。しばらくして色白の顔に細かな汗を浮かべて呉先生がユックリと出て来て、二人を宿舎に連れて行った。

「呉先生、御存知ですか？　昨晩、府城では沢山の人が逮捕されたのを」と錦緞が息急《いきせき》切《き》って言った。

「知らせは受けている。今朝も挙動不審の男が宿舎の周りをウロウロしているのを見ているわ。その男は校務員に、私の起きたり寝たりする時間を尋ねたそうよ。私が思うに、今日の深夜、彼らの手が動くのでは」と呉先生は冷静に言った。

「先生、どうしたら、いいですか？　怖くないのですか？」と錦綢は泣きっ面《つら》になり、身体が崩れ落ちそうだった。

「敵は機会を見て私たちを消滅させようとしてますが、恐れることはありません。彼らが今、捕まえようとしているのは私と李本順だけです。二人のことは知られていない。私と本順を捕まえれば、しばらく二人には危険がないでしょう。私と本順は今夜、ここを離れることになっています。グループの運営については阿緞に任せます」

「けれど、うちは妊娠してる」錦綢は眼前が真っ暗になった。阿順がここを去れば、ひとり寂しく子供を産み、あるいは一生涯、夫のいない生活を続けなければならないと考えると、恐怖に襲われた。

「阿綢よ、二人のことは阿順から聞いています。子供を産むかも知れないことも、阿順が決して子供や子供の母を見捨てないことも。台湾の輝かしい未来のためには、犠牲は避けられません。もし幸いに私たちが命を全うできれば、阿順は必ず、あなたのところに帰って来ます」呉先生は涙ながらに言った。

「呉先生は結婚したことがありません。うちのつらさなど決して理解できません」と錦綢は怨みがましく、半分は抗議の口調で言った。

「阿綢よ、あなたのつらさを理解できないと思うの？　間違っています。あなたより惨めですよ。なぜ私が台湾民主自治連盟に加入したか、知っていますか？　この選択が、どんなに茨に満ちた、困難なものか、私が分かっていないとでも？　四年前、二二八の時、私の夫は非命に世を去りました。その時、私は、この後戻り出来ない道に進むことを決意しました。政治を改革し、民主と自由に向かうことこそが、愛する夫の犠牲に報いることだと納得したからです」と普段は冷静な呉先生は、この時だけは堪え切れず、ソッと錦綢を抱きしめ、一緒に泣き始めた。ただ錦緞は傍で、それを冷やかに眺めていた。彼女はまだ男女の情に目覚めていない、おぼこ娘だった。

錦綢は本順の荷物を整理しながら、恨み言がノドにつまり、泣き止まなかった。本順は一言も発せず、ひたすら頭を下げていた。彼女の話す言葉の一つ一つに心を打ち砕かれているようだった。

「阿綢、俺は小さい時から、君が好きだった。気立てのよい女の子だと思い、つとめて傷つけないようにしてきた。どういう運命の案配か、再び君と出会った。俺たちは、お互いの気持ちを抑えることが出来ず、子供まで作ってしまった。だが、一緒にいることが出来なくなり、母さんたちのお世話も不可能になってしまった。俺たちは労働人民の息子や娘だから、気迫を持って劣悪な環境を変えなければならない。そうではないかな?」

本順は頭を挙げて、やさしい口調で彼女を慰めた。

「けれど、これは大変なことです。母さんは心を痛めるし、村の人も、うちや父親のない子をいじめるに違いないです」

「誰が父のない子というのかね?　俺が父親ですよ。ここに俺が居残れば、それどころの騒ぎじゃない。よいかね、俺を信じてくれ。必ず帰ってくる。信じないと言うのかね?」本順はソッと彼女を抱きしめ、しばらくやさしく労《いた》わった。錦綢はもともとやさしい娘だが、半生を貧窮の中で過ごしてきたので、生活のなかに挫折や陥穽が充満しているのを、よく知っている。彼女もまた貧乏人の多災多難は運命だと感じて来た。だから、彼女も、それなりの強さと諦観を具えていた。かつて父親が非命に倒れた後の長い辛苦の歳月を過ごしてきたのではないか?

「じゃ、出かけよう!」と本順は言い、一方の手で着替えを入れた大きな包みを持ち上げ、もう一方の手で錦綢の手を引いて歩き始めた。

彼らは月のない魚臭い道の上を、手を繋ぎながら、ユックリと歩いた。間もなくして、彼らは海から吹いてくる塩辛い海風の息吹を感じ、同時に湧きたつ海の波が浜辺を打つ響きを聞いた。

「漁港から船に乗るのではないの?」

「違う!　保風林の海辺から出発する。昼間、良元伯父さんが船を動かし、保風林の沖に停めてある」

「どこへ行くの？」

「知らない。呉先生に聞くことになっている。組織からの指令が来ている筈《はず》」

「いつ帰れるの？」

「時局の安定を待ってから。一、二ヵ月かな、あるいは……予想するのが難しい」

本順自身は、ハッキリ絶望的な状態だと考えていた。永遠に帰ることが出来ないのではないかと思っていたが、口に出しては言えなかった。

果たして保風林を出ると、漆黒な闇の中、沖合三〇メートル辺りのところに良元伯父さんの三〇トンの漁船「豊順号《リーシュンハオ》」が碇泊していた。海辺には、一艘の竹筏《たけいかだ》が彼らの来るのを待っていた。

「阿順兄さん、行きますよ、早く」

筏の上には、錦緞が竹竿を突っ張って、本順が乗るのを待っていた。筏の中には、束ねた薩摩芋が満載されていた。呉先生も、その中で彼らの来るのを待っていた。

「阿綢よ、私と阿順を許してね」と呉先生の眼には涙が光っていた。

錦綢は、これはもはや覆すことができない事実だと承認せざるを得なかった。心に刀で割かれるような苦痛が走った。

「呉先生、阿順兄さん、阿綢のことは、私が必ず面倒を見ますから、安心して下さい。ここにある薩摩芋は、私の贈り物です。船で餓えた時、しばらくの間これで飢えを凌いで下さい」と錦緞は沈痛に言った。

錦綢は海辺に佇み、黙々と阿綴の操る筏が愛する人を船に送り、静かに帰ってくるのを見詰めていた。

姉妹は腸を寸断されるような気持ちで、涙ぐみながら、「豊順号」にエンジンがかけられ、ユックリと海辺を離れ、やがて速度を上げ、真っ暗な遠海に姿を消して行くのを見ていた。

「姉さん、帰ろう。風が冷たくなってきたよ。気を付けないと。お腹の子供に障るといけない」と錦綴が言った。

錦綢はスカーフを首に巻き、もう一度、遠い海を見たが、残念ながら、そこには何も見えなかった。船が通り過ぎてしまえば、広大限りない大海原、どんな痕跡も残る筈がない。この時に骨に刻まれ、心に焼き付けられた傷痕は姉妹の心の底に深く残ったが、永久に、その傷口をふさぐことは出来なかった。

密告者

1

夜明け、黄知高《ホワンチーガオ》は眼が覚めた。「早起きの鳥には虫が授かる」(24)という諺は霊験あらたかだ。彼は、このまだ夜の闇に閉ざされた時刻、旺来《ワンライ》村のどこかの豚舎で必ずコッソリ豚の密殺が行われていることを知っている。旺来派出所の知人の崔謳斗《ツイオートオ》巡査は、強い大陸の田舎訛の言葉で諄々《じゅんじゅん》と、国を愛する人間は、性悪者《しょうわるもの》を告発、自分も恩恵を受ける義務があるとお説教を垂れたのではなかったか？ この言葉は分かりやすいし、とてもよい。黄は、このお説教を実践し、恩恵を受け取ってきたのではなかったのか？ いや、この一ヵ月の間に、それぞれ二件の密殺と賭博を密告し、併せて百元余の奨金《しょうきん》を受け取ることが出来たのではなかったのか？ 彼は人に知られないように慎重に振舞っていたが、結局は隠しきれず、その所業が皆にバレてしまっていた。旺来村の全村民は彼を蛇蝎《だかつ》のように忌み嫌い、ひたすら彼の密告を恐れ、彼を見かけると、遠くから彼を避け、出会っても真面《まとも》に彼の眼を見なかった。しかし、彼は非常に満足だった。役所が後ろ盾だし、これらの薄汚い百姓どもを恐れる必要があろうか？　彼はいつも胸を張り、村内の大通りや路地を意気揚々として、のさばり歩き、当たるべからざる勢いだった。

黄知高は旺来村のインテリで、日本統治時代、公学校高等科を卒業、漢文も習ったことがある。亡き父親は旺来村の庄長（当時、県には弁務署の下に街・庄・社の行政単位があった）で、たしかに鼻高々だった。知高が幼少時から学んだことは、人は自分のためにしなければ天罰が下る、ということだった！　自分が快適に過ごし、人の侵犯を受けないためには、必ず役所に取り入って、自己の利益を謀らなければならない。父親は日本の巡査に取り入って庄長になったのではなかったのか？　彼もまた必ず庭訓を守り、戦後台湾に移って来た新政府に真心を示さなければならない。何ヵ月来、彼は役所の手助けをしたが、これは互恵の活動で、さらに人心の弦を動かすことをしなければならない……そうでないと、まずは郷民代表となり、さらには県会議員にまでトコトン出世する道を歩むことはできない。

この未来の輝かしい遠景に想い及ぶと、彼はジッと横になっていられず、ベットを下り、早々に日本軍が遺して行った軍服を着、顔も洗わずに外に出た。

「こんなに早くどこに行くの？」

知高の女房が寝惚《ねぼ》け声で聞いたが、眠気に堪えられず、身を翻して寝てしまった。けれど、阿秀《アシュウ》も、おおよそ亭主が例の愛国事業に出掛けたものと知っていた。

しかし、知高には全く眠気がなく、右手に一本のどこでも拾える防犬用の青竹の棒を握り、例のパトロールを始めた。嗅覚鋭敏な猟犬のように、アチラを見、コチラを嗅ぎ、部落毎に耳を聳《そばだ》てて、その不法を告発する仕事を行うのだが、今朝は彼を本当にガッカリさせた。密殺される豚の悲痛な叫び声がどこからも聞こえて来なかったからだ。珍しくもない夫婦のいさかいの声も、さらには子供の寝言さえも聞こえず、旺来村全村、深山幽谷のように、ヒッソリと静まり返っている。

黄知高の期待はムダに終わり、失望は大きかった。少なくとも六〇戸ばかりある、これほどに大きい村の中で一軒も違法の悪事をしていないというのは、異常ではないか？　糞ッたれ！　死に損ないめ！　知高は自分の運勢がこんなにヒドイとは信じられなかった。ましてや明後日は七月半ば、どの家でも牛・羊・豚を供えて親しい兄弟を祭拝する筈ではないか？　どうして夜中に起き出して密殺をしないのか！　本当に信じられないことだ！

天はなお明るくならず、夜露は黄知高の髪をシッポリ濡らした。その頃、ようやく遠くに鶏の鳴く声が聞こえた。しかし、太陽はまだ昇らず、雀もチュンチュンと囀っていなかった。全村落はなおシンと静まり返っていた。

村はずれの竹林まで来たところで、黄知高はチョッと空腹を感じたので、家に帰って睡眠を補うか、朝食を摂《と》るかしようとした。まさにその時、竹林の中の瓦葺の家の中から人が歩いている音がするのが聞こえた。この瓦葺の家屋は赤煉瓦を積み上げて作った、村で一番立派な建物だった。旺来村の建物はすべて泥煉瓦で作られているが、これは輪郭がハッキリしていて、少しばかり威厳があり、優雅だった。王啓府《ワンチーフー》という小学校の先生の住宅で、その父親は著名な漢文の教師で、以前は家塾を開き、日本統治時代、ひそかに数十年、伝統の灯《ともしび》を伝えて来た。

黄知高は、この王啓府を、チョッと恐れていた。また、彼がこの種の不法な悪事を働くとは思っていなかったので、これまで、この家に近づき、偵察をしたことがなかった。しかし、今朝は腹一杯の不満を洩らすことができず、慣例を破り、近寄って見ると、到頭《とうとう》本当に人の歩く姿が見えた。

まさかと彼は出来るだけ音を立てないように、抜き足差し足、近づいてみたが役に立たなかった。突然、台所辺の暗がりから黄土色をした犬が風のように走り出て来て、忽ち彼のズボンの脚の部分を必死に咬みつき、吠えもしなかった。「こん畜生!」と罵り、竹棒を高く上げ、この憎むべき犬の頭を打ったが、あろうことか、この善悪を知らぬ気違い犬は痛みなどは何のその、依然としてズボンから口を離さなかった。

「ポーチ! ポーチ! 放してやれ!」

家の中から走り出てきたのは、小学校教師の王啓府だった。こんなに朝早くなのに正装していた。今にも外へ出かける様子だった。

「お宅の犬は凶暴ですね!」と知高は恨めし気に言った。

「知高兄さん、コヤツは本来、利口者ですよ。夜、尋常でない人物を見かけたので、咬みついたのでしょう!」と王はからかい気味に言った。

「私を尋常じゃないとでも言うんですか?」と知高はムッとした。

「失礼! 失礼! そういう意味じゃありません。チョッとお尋ねしたいんですが、こんなに朝早く知高兄さんは何の御用があって拙宅に？」

「いや！　いや！　特にあなたに会いに来たのではありません。眠れなかったので、散歩に出て、この辺まで来てしまっただけで……」と知高には心疚《やま》しいものがあった。しかし、一本、釘を打たずにいられない気持ちを抑えることができなかった……「今朝は早くから訪問者があったようですね？」

「はい！　そんなことはありません。恐らく家内が朝御飯を作っていたので、あなたを驚かせたのでしょう。どうです、朝御飯を一緒に食べて行きませんか！」と王は慌てず、かしこまって勧めた。

「お恥ずかしいことです。お邪魔しました。では改めて！」と知高は「では改めて！」の一句に語気を込めた。暗々裏に、この仇は必ず取ってやるぞ、と警告する意味だった。実際、彼の心理の中には、スンナリ釈然としないものがあった。王啓府が一体、何を企んでいるのか、分からなかったが、知高は、王が従容として答えた言葉の中に恐れと用心が流れているのを、かすかに感じていた。

2

熱々の芋粥を食べながら、黄知高は依然として気が静まらず、一杯を食べた切りで終わった。心の中には、ズッと王啓府めの尻尾を捕まえたいという一念が蟠《わだかま》っていた。

「ウウン！　女房の朝御飯の支度とは、よく言ったもんだ！」と知高は、あの時の情景を些細に思い出しながら、ますますその猜疑心を募らせた。

「あいつは聞いてもいないのに囀《さえず》った。これから、牛屎埔《ニュウシープー》の二分地《アルベンティ》（約五千平方メートルの土地）にトウモロコシの種蒔きをするので、灌水に行くつもりだ、と。仕事をくれようと言うのか！」

傍では女房の美秀《メイシュウ》が粥を口に運びながら、ピーナツも一粒一粒カリカリと音を立てて齧《かじ》っていた。

「トウモロコシの種蒔きは分かっていることだ！　いくらくれる？　大きな尻尾を捕まえるだけだ。こっちの奨金は種蒔きより上だ！」

黄知高は軽んずる風に冷やかにフン、フンと言いながら、美秀を諭《さと》した。

彼は美秀と一日、トウモロコシ畑で働き、晩近くに帰ってきた。あの王啓府は教師で、当然ながら豚の密殺はしないいし、賭博もやらない。では、どんな不法の悪事を犯そうとしているのか？　まだ犯してはいないようだ。しかし、知高は何となく全体として、見かけは真面目だが、王啓府が陰で何かを企んでいるのではないかと感じていた。一体、どんな企みか？　懸命に想像を廻らしたが、見つけ出せなかった。しかし、彼の鋭敏な鼻は人を興奮させる火薬臭を嗅ぎつけていた。

今回は失敗してしまったが、もう一度、試してみる必要がある。そこで、再び王啓府の家に偵察に出かけることにした。

ヤッと深夜になったのを待ち、女房の美秀が豚のような鼾《いびき》をかいて眠っているのを確かめたあと、起き上がった。まず身なりを整え、懐中電灯や棍棒だけではなく、風も通さず蚊も防げる、濃色のジャンバーと長ズボンを身につけた。天は自ら助ける者を助ける。数歩も歩かぬうちに、バナナ園に囲まれた楊喜春《ヤンシーチュン》の家の豚小屋から、豚を捕まえる声、逃げ回る豚が出す悲鳴が聞こえて来た。まさに人を奮い立たせるビッグ・ニュースである。知高が常盤御柳《ときわぎょりゅう》の幹の後ろから、眼を大きく開いて見ると、二つのボンヤリとした人影がチラリと動いた。間もなく、眼が暗闇に慣れると、果たして予想通り、楊喜春と彼の叔父の金基仔《チンチーズ》が全力を振るって二〇〇キロ余の大きな豚を引き摺り、揚水ポンプのあるところへ持って行くところだった。揚水ポンプの周りはセメントで舗装され、豚を殺すには最適のところだった。彼らが第一のステップを踏んだことは間違いない。だが、すぐには彼らを驚かそうとは思わなかった。チョッと間を置いて警察に知らせれば、警察が到来する時までには、豚の処理もスッカリ終わり、その場で分け前を取り終ったところなので、彼らの真《まこと》しやかな言い訳は通らず、効果的だ。知高は高ぶる興奮を抑えながら、二人の運の悪い奴らに齷齪《あくせく》と悪事をさせたまま、征途に上った。

今回は、彼は竹林の中から王家には近づかなかった……というのは、人の嫌がる地犬《じいぬ》が虎視眈々と獲物が現われるのを待っているのを、すでに知っていたからだ。彼は堂々と胸を張って稲田の脇を通って王家の客間に近づいた。この客間は台所に接し、食事を取れるようになっていて、知人をもてなすところでもあった。暗闇の中を手探りしながら客間に近づくと、案の定、そこから黄色い灯火が洩れ出ていた。知高の心はドキドキ跳ね上がり、止まらなかった。しかも、何人かの抑えた声がガヤガヤと絶えなかった。知高は驚喜のあまり廊下に置かれた盆栽を、すんでのところで蹴倒すところだった。

窓の隙間から覗くと、まず王啓府が正面にいる三人の男に向かって親し気な笑顔で話している姿が飛び込んできた。円形のテーブルを囲んでいるのは、順繰りに言うと、同じく小学校教師の甘亮吉《ガンリャンチー》、左官の呉参栄《ウーツァンロン》、それから何と女房の末弟の林錦地《リンチンチ》だ。この傲慢不遜で、いつも知高に反対の意見を言って、姉の夫である彼を尊重しないのは、この男で、彼は少しばかり秘かな喜びを感じた。この林錦地という若造は、彼が密殺を告発するごとに知高の面前で公然と彼を非難し、挙句の果ては、何度も「お前は畜生だ」と罵った。

「私たちは今回、牛で田を犂《す》く隊を作りましたが、錦地さんの指導は的確でした。本当に困っている農民を組織し、単に農閑期に歓楽を与えるだけではなく、牛犂歌《うしすきうた》を練習する集会を利用して、彼らに新しい知識を注入すれば、彼らの階級意識を高めることが可能です」と王啓府はユッタリとした口調で話した。雰囲気からすると、彼は、この一群の人々の指導者のようだ。

「牛犂隊以外、甘亮吉先生には学校に識字班を開いてもらい、労農大衆に読み書きを習わせたらどうでしょうか？　恥ずかしいことに、俺は大きな字すら少ししか読めない。日本統治時代、学ぶ機会がありませんでした」と三〇余歳の左官の呉参栄が提案した。

「とてもよい提案だ！　光復後しばらく僕も大陸からきた文物が理解できなかった。そんな風にすれば、大衆の文化水準を向上させることができます」と錦地若造は熱っぽく訴えた。

「私たちには確かに、さらに新しい血を吸収する必要があります。牛犂隊や識字班は、ともに優秀な人材は誰か、労働人民を弁別するのに有効です。一定時間の観察と審査を経過することによって同志を増やすことが可能です。ところが、皆さんに警戒を訴えなければなりません。朝、私たちの集会が終わって間もなく、あの知高の奴が部屋の外をウロウロしていました。どんな光景も見られていないと確信していますが、折り悪く闖入《ちんにゅう》してくる可能性があります。問題はないと思いますが、知高は私たちの共同の敵であり、人民の敵なので、予防しなければなりません！」と王啓府は話し、従容として、こう結論した……「今晩は、このことを、お知らせするために、皆さんに集まっていただきました。それ以外ではありません」

「こん畜生め！」と知高は心の中で大声で罵った。フウン！　こいつらは反逆者で、政府の転覆を考えているんだな？　四人のバカが集まって、身に寸鉄も帯びずに政府に楯突こうというのか？　政府の一体、どこが悪いのか？　いつも自分に奨金をくれているではないか？　派出所の崔巡査は前回、一瓶の高粱酒をくれたではないか？　大人《たいじん》は自分に対してくすねないだけではなく、しばしば救ってくれた。こんな良い政府は、どこを探したら、ある？　下衆《げず》な野郎どもが飯を腹一杯に食べて、やることがないので、謀反でも起こそうというのか。

黄知高は急いで王家を離れた。一歩遅れれば、まずいということを知っていた。もし彼らが発見されれば、少なくとも痛打を受け、老い先短い命さえも保証できない。この御時世、人の命は何の値打ちもない。台北の川端町では叛徒が毎日銃殺されているというではないか？

知高は、このことをすぐには崔巡査に報告しようとは思わなかった。このような案件は必ずシッカリと予備調査を行い、十分な証拠が揃って初めて報告できるものであることを知っていたからだ。匪賊の陰謀を告発して手にする奨金は天文学的な数字で、これは彼に、何年か快適にブラブラ生活できる歳月を提供するだろう。また選挙によらずに郷民代表になることを保証し、一挙に県議会に進むことをも保証するかも知れない。とすれば、慎重にコトを運び、大事を取らなくては。

当面の急務は、この糞ったれらのことではなく、あの運の悪い豚殺しどもが、どこまで仕事を進めたかを見届けることだ。知高の予想通り、喜春《シーチュン》めと金基《チンチー》めは大豚の手足を綺麗にサッパリと洗い、早くも息の根を止め、まさに腹を開き、手を真っ赤に染めて内臓を取り出しているところだった。様子を窺っていると、その後三〇分、大豚はバラバラに解体され、肉の塊と骨に化した。

黄知高は興奮のまま派出所に駆けつけると、嬉しいことに、知人の崔巡査が事務机に身を持たせてウトウトしているのが見えた。これは面倒が省ける。宿舎まで行く必要がない。

「崔さん！　眼を醒まして！」と知高は、この馬のように大きい崔巡査を揺すった。

「お前か！」と崔謳斗は彼を見て、喜びに眼を輝かせた……「この真夜中、何があったのか！」

「良い知らせです！　喜春めのところで豚の密殺が進行中です！」

「どうして密殺を知った？　申請を出しに来るかも知れんぞ！」

「とんでもない！　すでに始末はほとんど終わっています。大分、時が経っています。申請には来ませんよ！」と黄知高は十分に自信があった。

「分かった！　この件は、私が処理する。当然、お前が手にする奨金は一毛（金銭の最少単位）も少なくなることはない。ご苦労だった。合作は愉快だね。ほかにまだ報告があるかね？」

「ほかに……」知高は危うく王家の秘密を言い出すところだったが、急ブレーキを掛けた。この椿《ちん》事《じ》は最終的には人命にかかわることで、ジックリと協議し、方法を考えなくてはいけない。

黄知高は派出所を出て、興奮して手が舞い、足を踏むところを知らなかった。密殺の告発による奨金は受け取りを待つだけで、もう一つの大きな富が彼を手招いている！　匪賊の陰謀を告発して手にする奨金は何十万元、手を挙げるだけの労力だ。こんなに儲かるのに、不思議だ。どうして努力して手に入れようと思う人がいないのか？

3

黄知高は少しも怠ることなく、ピンと張った琴の弦のように張り詰めて、毎日、旺来村の大通りや路地を神出鬼没に歩き回り、王啓府に関する情報を得ようとしていた。しかし、村民は表面上は丁寧に対応し。日常の挨拶以外のことは何も話さなかった。何度か夜半あるいは夜明け前、王家を秘かに探ったが、月に叢雲《むらくも》、花に風、その後、集会を開いた形跡を見出せなかった……彼らは集会する場所を変えてしまったのか、それとも集会自身を全く開かなくなったのか。しかし、彼らの活動は続いている。村の中にある三山国王廟《サンシャングオワンミヤオ》(26)は忽ち賑やかになり、毎夜、牛犂歌の練習が行われ、また小学校の識字班も始まった。知高も毎夜、三山国王廟に出掛け、若い男女が踊ったり歌ったりして練習しているのを見、林錦地の挙動にも眼を光らせたが、どんな怪しい気配もなかった……とはいえ、これらが叛徒たちの陰謀実践の証拠であることには間違いない。他方、識字班だが、甘亮吉が真面目に北京語を教え、年寄りたちを大陸文化の輝かしさに陶酔させているのも探ったが、残念なことに、どちらにも政府転覆のような反体制的な言論を聞き出すことが出来なかった。

黄知高は次第に焦りを感ずるようになった。何度も派出所に駆け込み、密告しようとした。ところが、このことにかまけてボーッとしているうち、旺来村は得難い休暇を得て、眼を凝らすと、密殺がスッカリ息を吹き返していた。

「畜生め！　俺様は絶対に止めんぞ！」

知高は三山国王廟前の麵を食べさせる屋台で一瓶の紅標米酒[14]を飲み干し、フラフラしながら、家に帰った。何度かドアをたたいて、ようやく遅鈍な美秀がユックリ、眠そうな顔をしてドアを開けた。女房さえ俺に反抗するのか？　彼は満腔の憤怒を抑え切れず、彼女を殴りつけ、顔を引っ叩《ぱた》いた。美秀も、ただの弱者ではない。ワーワー泣きながら、彼の金玉《きんたま》を握りしめ、力を込めて捻った。知高は痛みで気絶しそうになった。

この一戦で二人とも疲れ果て、真夜中、仲直りをせざるを得ず、おとなしく横になり寝床に入った。心内の煩悩も、この喧嘩で雲散霧消し、一対の貧しい夫婦は安らかに眠りに就いた。

夜が明けようとし、まだ甘い夢の中にある時、猛烈にドアを敲《たた》く音が響き、知高は麗しい夢を振り切って起き上がろうとした。その瞬間、か弱いドアが衝撃に耐え切れず、バッサリと崩れ落ちてしまった。

知高は睡眠朦朧《もうろう》、寝台の上に坐ったまま、非常に驚いてムッとして口を開こうとした矢先、そこに、あの崔巡査を先頭に、二人の雲衝《くもつ》くような大男が闖入《ちんにゅう》してきた。満腔の怒気を抑え切れず、知高はパッと飛び上がり、崔巡査の面前に走り寄り、その鼻を指して叫んだ……「崔さん、これは一体何ですか！　話して下さい。どうしてドアを打《ぶ》ち壊すんですか！」と彼は国家のために懸命に尽くした過去を振り返り、心に限りない不平があった。

「ウーン！　話があるなら、派出所に来て話せ。今回は俺に関係したことではない。陳《チェン》さん、どうぞ！」と崔巡査は以前の穏やかな態度とは打って変わり、凶暴な笑いを浮かべ、冷やかに彼を見た。陳さんと呼ばれた男は明らかに派出所の巡査ではなく、ゴロツキ風で、手錠を取り出し、カシャと知高の両手に手錠をはめてしまった。

「俺は国家に対して功績がある者なのに、どうして、こんなことをするのか！」知高は涙を顔一杯に流し、懸命に叫んだ。

「ウン！　卑劣な奴め！　党と国を売った叛徒だ。騒ぐな、黙らないと、口に一発喰らわせるぞ！」と、もう一人の、前の者の上司らしい特務が眉にかすかに皺を寄せ、冷やかに知高の叫ぶのを見ながら言った。その目付きは、疥癬《かいせん》を病んで毛の抜けた犬の臨終のあがきを見ているようであった。

「歩け！」陳という姓の特務が力を込めて知高の背を推した。

美秀はそれまで眼を見張り、口をポッカリ開け、呆然として見ていたが、この時、頭をドンと人に打たれたように眼が醒め、懸命に陳姓の特務に縋《すが》りついた。

「夫は好《よ》い人です！　許して上げて、どんな悪いこともしてません！」

残念ながら、この三人の血も涙もない連中は彼女の哀願を聞きもせず、足で蹴飛ばし、知高を引き摺るようにして派出所に連れて行った。知高は道すがら、頭を垂れ、顔には血の気がなく、なぜ自分が逮捕されるのか、サッパリ分からなかった。これは不公平なことだ。まさか自分が善人ではないというのか？　この村には、敢えて豚の密殺をしたり、賭博をする人がいないだけではなく、まさか日夜怠らず監視と告発を続けたのは誤りだったとでもいうのか？　お上が彼をそう見ているとしたら、間違いだ。派出所に行けば、一切の謎が解けるかも知れない。陳姓の特務は後ろから五月蝿《うるさ》そうに急《せ》かしながら、口汚く罵り、しばしばノロマ！　と言い放った。

派出所の入口に足を踏み入れて、ハッと驚いた。事務机の周りに数人の男女が手錠を掛けられ、蹲《うずくま》り、頭を膝頭まで下げ、頭を縮めた亀のような恰好をして、一様に繋がれていたからだ。知高がさらに進むと、陳姓の特務は少しの遠慮もなく知高の肩を抑えつけ、そこへ蹲《うずくま》らせた。

「聞け、今後は、話は厳禁だ。われわれはすぐに、お前たちを台北市の某所に護送する予定だ。先祖に徳があったら、帰る日もあるだろう！」最後の一句に来た時、特務の親分の顔に揶揄《からか》うような笑いが浮かび、クックッ……という笑い声となった。

知高がコッソリと顔を横にして、傍らに蹲っている男を一瞥すると、誰あろう、あの王啓府だった。彼は自分の眼が信じられず、もう一度、頭を低くして周囲をサッと見渡すと、パッと眼に入って来たのは甘亮吉、林錦地、呉参栄と牛犂歌を歌う男女一対の演者だった。

これは一体、どういうことなのか？　まさか、当局が自分を、これら叛徒の同類と見なしたのではあるまい？　これは飛んでもない濡れ衣だ！　彼らとの共存はあり得ない。もともと彼らをこそ告発しようと準備していたではないか！　まだ証拠が不完全で、彼らから逆ねじを喰らうかも知れないと恐れて、一日延ばしにしていたに過ぎない。誰か先に告発した者があったのか？　それは一体、誰だ？　黒白をハッキリさせないで、どうして人を引っ張ることが出来よう。無実だ！　無実だ！　この時、知高は苦痛のあまり、全身からにわかに冷汗が流れ出し、パッと起ち上がった。

「何をする？　逃げようと言うのか！　ぶっ殺してやる！」と特務たちが押し掛け、殴ったり蹴ったり、ありったけの力を振るって抑えつけ、床に膝まづかせた。

知高は、それにもめげず、声涙ともに下る、という風に叫んだ……「大人《たいじん》、お察し下さい。私は彼らの一味ではありません！　彼らは反逆者です。政府転覆の陰謀に従っていた連中です。この数日間、私はまさに彼らの行動を調査し、告発をしようとしていました！　皆さんは黒白をハッキリ出来ていません。そのため、この忠良な人間を苦しめています。私を救って下さい」

この時、これまで隠れて正面に出て来なかった知人の崔巡査が、渋々《しぶしぶ》と知高の前に来て、オドオドとした風で言った。

「誰も救うことはできない、お前は忠誠心を無くしてしまった！　お前は早くから彼らの陰謀を知っていたのに、なぜすぐに告発しなかったか。明らかに、お前には彼らを庇う意思があった。つまり

《情を知って報ぜず》の罪に当たるのだ、分かったか?」

「止めよ、何をクドクド言っているのか?　必要ない!」と、あの特務の親分が凶悪な顔つきをして崔巡査を叱り、威嚇するポーズを取った。

黄知高は、この言葉を聞いて、満腔の悲傷に堪えず、シャクリ上げ始めた。

彼の周囲にいた叛徒たちは一言も発せず、冷やかに、この一幕の興味深いコメディーを見ていたが、ここに来て、おかしさを禁じ得ず、他人の不幸を楽しんだ。しかし、依然として言われた通りに頭を低く下げてはいたが、心行くまで大笑いし、笑い転げた。

黄知高の泣き声と叛徒たちの哄笑は一時、辺りの空気を震わせ、その後、永久の沈黙に帰った。

一　台湾老朽作家の告白

1

私は民国一四年（一九二五）、日本植民地統治時代の古くからの府城[1]、台南に生まれた。国父・孫中山先生が世を去ったのは、この年だ。当然ながら、生まれたばかりの私は、そのことを全く知らなかった。また、この時代がちょうど民国九年（一九二〇）に始まった台湾の新文学運動がようやく佳境に入り、揺籃期を終わって創作活動が主となる開花期への転換点に入りはじめた時に当たっていたということも知らなかった。後に私の生涯が台湾文学の各時代、各種のさまざまな運動と直接あるいは間接に接触することになったのも、この私の生まれた時と、何か隠された因縁があったのかも知れない。

わが六〇余年の生涯は、全く異なった二つの時代に跨がっている……幼少年時代から青春初期までは、日本のファッショ的軍国主義の空気の中での教育を受けて成長した……私は中高の教育を僅かながら受けたが、これも帝国統治下のことで、太平洋戦争の陣太鼓が鳴る中に終了している。それだけではなく、私は当時、正式に帝国の二等兵で、日本敗戦後、ポツダム一等兵として除隊している。だから、私の二〇歳前後までの生活は、今の同年齢の日本の老人の経歴と少しも違《たが》うところがない。最大の違《ちが》いは、私が小さい時から自分は漢民族の一分子であり、祖先は大陸から来たものだと自覚していたことだ。濃厚な民族精神があったか、なかったか、ハッキリしないが、私は恰《あたか》も二重人格者のようで、学校とか社会の公の場所では必ず日本語を話し、一挙一動、日本人のようにしていたことを記憶している。しかし家に帰ると、私たちは「個人」に還り、「日本人」のすべてを表門の外へ締め出し、伝統的な生活様式に戻り、台湾語を話し、公媽《ゴンマ》（先祖の霊）を拝み、廟《ミャオ》に行って線香を立て、また時に年長者の話す中国大陸の伝承や故事に耳を傾けていた。

民国三四年（一九四五）、台湾は解放され、祖国の懐に戻った。これは私にとってもう一つの生命の始まりだった。しかし、解放直後、生涯未だかつて経験したことのなかった残虐と荒涼とを味わった。だが、青春の生命は強靱で、心の傷を克服し、時代の趨勢を見極めることができた。ひたすら勇往邁進、神は私を助け、ついに余命いくばくもない現在を迎えることが可能となった。

わが生涯は、国民党の政権下ですでに四〇余年の長きに及び、あまたの不正義や不公平を見てきた。同時にまた台湾が後進的農業を主とする植民社会から豊かな消費社会に入って行くのも見た。社会的な不正義や不公平は政治体制を改革する民主化によって救済できるかも知れないが、心の空虚と荒涼はどんな豊かな物質生活によっても埋めたり、いやすことはできない。未来の台湾にとって最も重要なことは、人々の心を再構築することにあるのは少しも疑いがない……豊かで多元的な思想的教育だけが台湾人の心のあり方を高め、整えるのを助けるだろう。

わが生涯は明暗二つの仕事に分けられている……「明」の方の仕事は小学校の教師で、教師生活は合わせて間もなく四〇年に達する。この仕事は私に三度の食事と衣服をあたえ、人としての尊厳を保たせるに足る生存の条件を提供してくれた。慚愧《ざんき》に耐えないのは、私が小学校教師として誇るべき何ものもないことだ。それは、私がいい加減な仕事をして御飯にありついていた不良教師だったというのではなく、ただ真面目で平凡な教員にすぎなかったということだ。四〇年来、初等教育の環境は社会の進歩と比ぶべくもなく、教師の負担は重く、重過ぎる荷物を背負わされた老牛のようで、息もつけない有様なのである。私は現在六五歳だが、毎週二六時間、自然科学を教え、さらに数え切れないほどの、それ以外の学校行政上の仕事をこなさなければならない。忍耐力はとうに摩滅しつくしているが、人を愛する心だけは幸いにまだ残存し、天真爛漫な子供たちのことを思うと、毎日、グッタリした身体を引きずり授業に行かないわけにはいかない。そういうわけで「明」の方の仕事では、私はただ責任を果たして来たというにすぎない。だが、私の内なる意識は逆に自由に飛翔し、絶えずあのもう一つの戦闘に備えていた。

夜こそ私が本当の戦闘をする時だ。各種各様の新聞雑誌や新刊書籍を読まなければならない。また、サッと筆を振るって、わが内心に醸し出された知的なつぶやきや激昂慷慨の訴えを書き飛ばさなければならない。そして同時にまた、人類の未来にかかわる熱い、まばゆい夢想をもって台湾文学の発展についての考察も文字にしなければならない。しかし、この「暗」の方の仕事が私にもたらすものは決して快楽ではなく、さらに多くの憂愁と悲傷と涙である。けれども、このような長々とした夜がすでに何と四〇年以上も続いているにもかかわらず、これまで意気阻喪したことがない。青春初期の日本語から中国語に移って行ったのは辛苦の多い過程で、次にファッショ的軍国主義の遺毒を捨てて科学的社会主義を受容して行ったのも、また科学的社会主義から社会民主主義に変わって行ったのも、一つの過程だった……つまり、ある哲学的思想の導きがあって初めて私の心は新たな局面に入って行くことができたようだ。これから、クダクダと拈《ひね》り出す、この断片的回想はまさに私の文学思想の発展を主題として綴るもので、その中で私を啓発した内外の文学者のことにも及んで行くつもりだ。

2

私が初めて本当の文学作品に接したのは、アンデルセンやグリムの童話ではなく、台南州立第二中学校へ入ってからだった。この高等中学校は植民政府が台湾人の子弟のために設けた学校で、一五〇余名の新入生のうち、日本人はただの三〇数名で、他はすべて南部の諸州（県）から来た台湾人の小秀才たちだった。同校が、日本人の子弟だけを入れた州立第一中学校とどこがどう違うのか、私には、よく分からない。だが、太平洋戦争中の高等中学校が、いずれも軍事的な管理運営を採用していたということについては共通していた。しかし、ここで言いたいのは、第二中の校風がかなり濃厚な自由主義的な色彩を帯びていたということだ。日本人教師は、二、三の右翼的神道主義者を除けば、みな穏やかで親しみやすく、民族差別的な事例もさして見られなかった……あの頃は日本帝国の台湾統治も四〇年を越え、皇民化奴隷化教育もかなり効を奏し、台湾人の反抗意欲も非常に微弱になっていたので、和やかな局面が保たれていたのだった。

あの頃の私の成績ときたら、メチャクチャで、毎学期の成績は常に台湾人生徒の最末席を汚し、私の下はすべて日本人だった。これは不思議なことではなく、第二中で学んでいた日本人生徒の大多数は出来がよくなかったからで、もし成績が優秀なら、第二中にくる筈がなかった。にもかかわらず、私たちと日本人生徒たちとの間で、ほとんど衝突が起きなかったのは、一つには彼らの方が少数民族で、二つには彼らが比較的に無邪気だったからだ。

私は正課の授業に対して少しも興味を覚えず、特に数学は最大の敵だった。試験はいつも零点が普通で、珍しいことではなかった。幸運にも日本の高等中学校制度は平均点が百点満点中六〇に達していれば、進級できた。お陰で私は、来る日も来る日も日永《ひなが》一日、気ままに好きな本に齧《かじ》りついていることができた。

教室にも私はオオッピラに哲学書の類を持ち込んで読み耽った。例えば、ヘーゲルやカントをはじめアランや日本の小林秀雄などの本を。もし私が彼らを理解したというなら、それは途轍《とてつ》もない笑い話だ。ただ私は摩訶《まか》不思議な白日夢に陶酔していたに過ぎなかった。しかし、これらの深奥な唯心哲学を齧《かじ》ったことは、広大な人類の精神の領域にかかわる知識をいくらかなりとも私の身につけさせ、それによって人類の精神の複雑な仕組みを垣間見ることを可能にさせたのだった。哲学以外では、私は人類考古学に対しても大きな興味を抱き、モルガンの『古代社会』を読みはじめた。これは私に社会科学の基礎を用意し、その後、私はここから出発して、容易にエンゲルスの世界にも分け入ることができた。

しかし、これらの社会科学や哲学の本は案内してくれる人が乏しかったので、一知半解のウヤムヤに終わってしまっているが、少年時代のこの時期以外、これほど豊かな時間を持ち、哲学の本に没頭することはなかった。哲学と私の天性との間には相容れない部分があったのかも知れない。私は比較的に感性的で情緒過多の人間で、厳密な思考より浪漫的な幻想が勝っていた。わが生涯が知性と思想性に欠けていることは否認することができない。

哲学を離れてからは、私の興味は文学の方面に移った。奇妙なのは、私が読んだのは、ことごとくフランス文学かロシア文学だった。英米文学は当時「敵性国家」のものだったためか、あるいは私の気質に合わなかったのか、渉猟した範囲は決して広くはなかった。ディケンズ、サッカレー、ゴールズワージー、ジョイス、マーク・トウェイン以外、多くを読まなかったと記憶する。だがフランス文学に至っては、中世の『アベラールとエロイーズの書簡』からモーリャックに至るまで読まないものはなかった……特にスタンダールやゾラ、あるいはバルザックには大きな興味を抱いた。私はブランデスの『十九世紀の文学主潮』を手引きに、これらの小説を探し出し、系統的に一度は読んだのだった。もちろん、フランス文学を読み進んで行く過程でロシア文学やドイツ文学にも関心が及び、ツルゲーネフ、トルストイ、ドストエフスキーのほか、エレンブルグ、ショーロホフ、ゴンチャロフなどの作品も少なからず読んだ。

日本がナチスドイツやイタリーと手を結んだことから、心からではなく、それらの国々の文学も読んだが、ヘルマン・ヘッセやハンス・カロッサやモラヴィアの小説は主義やイデオロギーで決めつけることができず、彼等の文学中、偉大な性質を持っているものは、たしかに私の心の弦を打った。これらの主だった国々の作品のほか、カフカや、ノルウェーのビョルンソンも読む機会があった。時として、小説の世界も私に大きな驚きと衝撃をあたえた。

というわけで私は中学五年の時、夜を日に継いで当時、植民地台湾で手に入る限りの内外の小説のほとんどを読んだ。もちろん、日本文学が主で、外国文学が従だった。非常に不幸だったのは、中国文学が外国文学の中に含まれていたことだ。当時、私達は毎週一時間、漢文の授業を受けていたが、日本人の先生が教えるのは、『出師表』や『李陵答蘇武書（李陵の蘇武に答うるの書）』等の類でなければ、忠孝節義の古文で、その内容は大部分が『古文観止』（古文の粋を集めたもの）と同じだった。私達が中国の古典文学や典故のいくらかを知っている理由だ。大多数の日本人教師は皆、漢文の素養があり、これらの中国の経典や歴史を少しは知っていた。あの頃の私は日本語訳によって中国文学のもう一つの領域だった口語体小説も読んだ。『金瓶梅』のほか、『三国志』・『水滸伝』・『西遊記』・『平妖伝』のようなものから『紅楼夢』に至るまで全部読んだ。ひどいことには魯迅の『阿Q正伝』や郁達夫の

『沈淪』さえも日本語訳で読んだ。大陸の近・現代史に対する私の理解は、あまりハッキリしたものではなかったけれど、これらの限られた数十冊の古代や三〇年代の文学を通じて大陸の社会状況をいくらか想像することができた。実際、これらの限りある何冊かの中国現代文学によって大陸の複雑な政治状況を理解するのは、ほとんど不可能といってよいが、これらの作品が私に啓示してくれたのは、大陸が、一部の知識浅薄な日本人が悪意をもって見下ろしているような野蛮で落後した世界ではないということだった。少なくとも中国の近代知識人たちは台湾の知識人同様、懐疑や思考力に富み、人類の福祉と未来の展望についても深刻な思いを抱いているということだった。

私が大好きな読書を続けられたのは生活の煩いがなかったためだ。幸運にも小地主の家に生を享けたからだった。日本の統治時代、台湾人の八〇%は農民で、小作農だった。小作農は田地を借りて耕す金のない農民に比べれば、生活は一段高かったが、大多数の農民は三度の食事もこと欠く赤貧の中にあった。私が鱈腹《たらふく》食べて世界の名著を心の赴くまま、欲するままに読み漁り、いくらか優雅な生活ができたのはすべて運命のなせる業で、もし私が小作人の家に生まれていたら、今もなお目に一丁字《いちていじ》もない老農夫になっていたことは、ほとんど疑いない。

かなり沢山の小説を読んだ成果はやがて現われ、私は腕がむずがゆくなるのを感じた。私は私の大好きだった作家をまねて小説を書きはじめた。日本近代文学の主流だった写実主義や自然主義は興味を引かず、物語性が強く、幻想に富み、個性と気質を存分に発揮できる浪漫主義文学が好きだった。私が最初に書いた小説は『征台譚』という作品で、独白の形式で明の鄭三代の故事を描き出したものだ。これはオランダ最後の台湾太守だったクィイーの『忘れられた台湾』を読んで、構想したものだった。当時の台湾には、二つの純文学雑誌があった。一つは日本人作家西川満が編集する『文芸台湾』で、もう一つは台湾作家張文環が編集する『台湾文学』だった……もちろん、両者とも混じりけのない日本語の雑誌だった。私は原稿を『文芸台湾』に送った。それは別に、この雑誌が日本人作家を主としている雑誌だったからではなく、その雑誌の耽美的・浪漫的格調が大いに私の好みに合ったからである。『台湾文学』の現実主義的・批判的な性格に対しては、情趣に欠け、調子があまりに暗澹としていると感じていたのだった。当然ながら、わが「偉大なる」処女作は、お蔵入りとなってしまった。作品は雑誌に掲載されなかったが、この雑誌を主宰していた、早稲田大学仏文科卒の詩人で作家の西川満先生と知り合いとなった。作品が掲載されなかったので、心満たされず、さらに奮い立って中篇小説『媽祖祭』を書き、今度は『台湾文学』に投稿した。これも反応があり、作品は掲載されなかったが、入選し、選評も出たが、それは完膚なきものだった。その時は心から憤慨し、評者の先祖八代までも呪ったものだ。未だに評者が誰か分からないが、その短評を読み返すと、ズバリ核心を衝いたもので、一言一言、急所に当たっている。駆け出しの作家が虚心に先輩から受け止めなければならぬ訓戒というほかはない。第三作は『林からの手紙』で、これはフランスの作家アルフォンス・ドーデの短篇をまねて書いたものだった。それを再び『文芸台湾』に投稿、西川先生の格別の計らいで、一九四三年四月の同誌に発表された。私は一八歳、台南州立第二中をようやく卒業した頃で、招きに応じて台北に行き、西川先生主宰の文芸台湾社の編集部に入った。同年七月、私はまた『春怨』という小説を書き、これも『文芸台湾』に発表されたが、これはドーデではなく、アンドレ・ジィドの『狭き門』を模したものだった。私は西川先生の家で作家となるべき基本的な心構えを学んだ。それは、作家は生活に真摯に対し、日々刻苦、孜々《しし》として倦まず書いて死に至らねばならないということ、一口に言えば、作家は必ず人道主義者でなければならず、奉仕と献身こそが作家の唯一の報酬だということだった。西川先生は統治者階級に属し、民族的優越感からくる驕《おご》りが少なくなく、その文学は耽美的浪漫的だったが、文学に対する執念と奉仕の精神については賞賛に値するものがあった。しかし、私の文学思想は、その後、次第に変わり、浪漫的芸術至上主義から批判的写実主義に移って行った。そのため私は彼の「外地文学」の主張――台湾文学は日本文学の延長であるという主張にも疑問を抱くようになっていた。その上、日本植民政府は満二〇歳となった台湾青年を徴兵する計画を立てた。それで私は、私の心に絶大の啓蒙作用を及ぼした、この雑誌編集の仕事をやめ、台南市に帰った。

　私の台北時代の最大の収穫は、台湾文学の苦難の歴史を知りえたこと、また、多くの尊敬すべき台湾の先輩作家と交わりを結ぶことができたことだった。張文環《チャンウェンファン》・楊逵《ヤンクィ》・呉濁流《ウーツオリュウ》・呂赫若《リィホーリョ》・龍瑛宗《ロンインツォン》の諸先生はすべて、その時代に知り合うことができた作家たちだった。特に龍瑛宗先生との交わりは私に豊富な教訓を与えた。光復後の一時期、先生が『中華日報』日本語版を編集していた頃が、もっとも交わりが緊密な時だった。彼の現代人的な懐疑精神と鋭利な知性とは、私が終始、感服しているところだった。

台南に帰って、私はスンナリ或る小学校に助教の地位を得、小学校の教師となった。

一九四四年二月、日本の敗戦の兆候が次第に見えて来た頃、私は日本軍が発行した乙紙徴兵令書を受け取り、楊逵の故郷の大目降《タムチャン》（新化）にある日本軍の軍営に行き、到着を告げた。即日、坊主頭にされ、軍服を着、帝国二等兵となった。二等兵とはいえ、部隊長及び小隊長付きの勤務兵だったので、私はむしろ意気揚々としていた。日本軍隊の階級差別は厳格無比だったが、私は部隊長付きの勤務兵、誰も咎めるものはなかった。私は相変わらず軍営内で小説や好きな本を持ち込んで読んでいた。ジュール・ルナールの『にんじん』やアンリ・ファーブルの『昆虫記』を読んだ記憶がある。或る時、突然、思いついて軍営の糧食倉庫に行き、砂糖をもらい受け、外の雑貨屋で紙煙草と換え、吸ったことがある。わが生涯で煙草と離れがたい縁を結んだ最初である。砂糖は部隊長が紅茶を飲む時に必要なもので、私が失敬したのは少なくなかった。あの頃、物資が欠乏し、一斤の砂糖も世に稀な宝と言ってよかった。日本の軍営生活の過酷と残虐は世界随一だったが、日本の士官や兵隊たちが台湾兵を鋭意扱《しご》くのを、ほとんど見かけなかった。これは日本軍部が各部隊に訓令を出し、台湾籍の士官や兵士を虐待するのを厳格に禁止したからだろう。台湾兵の中には一部、日本語を完全に話せない者がいた。この言葉が通じないことが常に紛糾の原因となっていた。脱営や逃亡事件にもしばしば出会った。珍しいことではなかった。民族と民族との間の敵意は容易にはなくならないものだ。

民国三四年（一九四五）九月、日本が無条件降伏をしたため、私は日本の軍営から解放された。日本軍から支給された軍服・靴・食料・缶詰の類を一杯詰め込んだ大きな麻袋を背に汽車に乗って故郷に帰った。しかし、その年は何十年来の稀に見る大豪雨のあった時で、新市《シンシ》から台南まで汽車が不通になり、全く徒歩で家に辿り着かなければならなかった。汗ビッショリになって市街に入ると、すでに市街はチラホラ灯《ひ》がともされる頃合いとなっていた。

3

光復後の最初の時期、台湾民衆の祖国に対する熱情は最高に昂揚した。残念なことは、この台湾史のもっとも重要な転回点で国民党政府が何度も大きな誤りを犯したことだ。もちろん、戦争が終わったばかりのあの混乱の中、台湾の状況に対する不案内に加え、複雑で速やかに処理しなければならない切迫した事情が数多くあり、政府に台湾を十分に顧みる時間がなかったことは理解できるが、何としても悪名高い旧軍閥の陳儀《チェンイー》を台湾に派遣し統治させようとしたのは、絶対に許すことができない錯誤だった。この人の心を傷ましめる時代のことについては私は二度と思い出したくない。涙はすでに乾き、血の跡も今やないが、台湾の無数のすぐれた人達が台湾の歴史の舞台から姿を消してしまったのである。私が僥倖にも災難を逃れたのは、この上ない幸運だったというほかはない。しかし、私は今ここで、あの恨みが重なり、相互に敵視し、台湾数十年来の衝突と激動を内包した禍根については縷々《るる》細述したくない。

とはいえ、このような荒涼とした日々の中で、台湾の知識人と、大陸からきた開明的な知識人とは相互に提携し、動乱を乗り越えようとした。しかし、すべてが失敗し、壊滅した。当時の台湾の知識人は皆ズッと中国大陸には失望せず、ある日、富強の新中国がキッと輝かしい世界を建設するに違いないと夢想していた。彼等は多くの新聞や雑誌を発行し、大陸の歴史や法令制度、政治や文化を紹介するのに努めた。なかでも現代中国文学の紹介を重視し、台湾の民衆と中国の民衆との間に心が通い合って行くことを願った。もし二二八事変前後に台湾の民衆はすでに分離主義思想を持っていたと言う人がいるとすれば、それは歴史の現実に対する暗い放言に過ぎない。二二八事変のような陰惨な悲劇が発生した後でも、台湾の民衆は祖国に対する深い愛を決して捨てていなかった。この点については、私は体験者であり、証人となることにやぶさかではない。

光復初期の台湾の知識層の最大の関心事は現在の統独（大陸との統一か台湾の独立か）の争いごとではなく、マルクス主義の蔓延ということだった。五〇年代の白色テロの発生も全く根拠のないことではなかった。一九五〇年三月のはじめより国民党政府は徹底的なテロ政策を展開し、当時の抜きんでた知識層中の優秀部分のほとんどを、外省人の進歩派をふくめて一網打尽、収容所に投げ込んだ。逮捕された台湾の人々の場合はやや複雑で、文字も知らない農民や労働者、また小商人《こあきんど》も、その中にはいた。この大粛清は当然ながら全く無実の人も地獄に送り込んだ。

日本の統治時代の台湾の知識層は、一握りの大地主階級に属する政治的指導層を除けば、大多数は日本ファシズムに抵抗するため、マルクス主義思想で自身を武装せざるをえなかった。それはマルクス主義思想が当時の解放運動の中での不可欠な思想の原動力だったからだ。光復後の社会の衰微した悲惨な現実も、マルクス主義思想にとって格好な温床だった。そのため光復初期の台湾の青年知識層は決して分離主義的な傾向を持たず、むしろ実際、左翼思想を抱いた。学生たちが読書会の組織をつくるのはごく普通のことで、やや進んだ者たちはロシアのナロードニキのひそみに習い、農村や工場に入って宣伝や組織活動に従った。のちに、この時期の歴史を研究し、また獄中で仔細に考察した結果によると、彼等は模範的な組織系統を作り上げ、それぞれ省の改造委員会と台湾民主同盟によって指導されていた。

これらの実践活動については私は少しも興味を持たなかった。興味があったのは文学と思想のみだったが、私は文学と思想は必ず台湾の現実を反映しなければならないものと堅く信じていた。同時代の知識人たちの内心の活動を知るため、私もかなりにマルクス主義哲学をも齧らざるを得なかった。『反デューリング論』から『家族・私有財産・国家の起源』まで私は熟読した。フォイエルバッハからマルクス、エンゲルスを経てカウツキー、ローザ・ルクセンブルクに至るまでの一系列の唯物史観の古典を繙《ひもと》いたものだった。お陰で私の視野は大いに開け、かなり正確に社会の変遷の歴史をつかむことができるようになった。ただ私は一貫して、人の生老病死が物質的な環境の変改によって徹底的な解決をみるとは信じていなかった。その他、違った立場をとる人々に対するスターリンの粛清も私の理想主義的傾向と合わなかった。私がなお動揺する「小市民階級」にとどまり、自由主義的な微温な夢想を変えようとしない理由だ。

このような思想的閲歴は私にとって大きな支えとなっている。その後、私は妄《みだ》りに盲信せず、また妄りに物事に固執することがなかった。それは、生来具わった老荘哲学の支えがあったからのことかも知れない。

光復初期、私はまたいくつかの文学運動に参加した。その一つは龍瑛宗先生が主に編集していた日本語版新聞の文芸欄で日本語を使って小説や随筆を書くことだった。私と同様、一緒に同欄に文章を書いていた人に、東京帝大の秀才だった王育徳《ワンイータ》がいた。当時の彼は反帝・反封建、儒教の打倒を主張していた熱血の青年だった。貴重だったのは北京語に精通していたことで、思想が鋭く、資質がすぐれていた。のちに彼は台湾を逃げ出し、日本の東京に住み、分離主義の指導者になった。これは何よりも兄の王育霖《ワンイーリン》が二二八事変の時、陳儀に惨殺されたことに関係がある。この日本語版の文芸欄に書くほか、私は改めて楊逵とも連絡を取り、彼が創刊した『台湾文学』にも小説を発表した。慚愧に堪えないのは、楊逵先生が台南に私を訪ねてきた時、いつも文無しだった私が彼に一杯の素ウドンしか御馳走できなかったことだ。

民国三七年（一九四八）以後は、『新生報』が文芸付録「橋」を出しはじめたので、私は林曙光《リンシュークワン》に引っ張られて、そこで激しく展開されていた台湾文学論争に参加することになった。この台湾文学論争には、後に問題となるさまざまな台湾文学の未来の動向にかかわる問題の芽が含まれていた。台湾文学は自主性のある文学か？　台湾文学は現実主義の文学か？　郷土文学とは？　台湾文学は辺境文学か？　すべてこのような、のちに中国意識と台湾意識の争いを醸し出す、さまざまな課題がすでにその糸口を露出させていたのである。

『新生報』の「橋」に書いた小説以外、私は『中華日報』付録の「海風」や『公論報』にも少なからず評論や随筆を書いた。これらの作品は早くもすでに散逸してしまって見ることができないが、それらが、わが青春時代の残された足跡であることは疑いない。残念ながら、五〇年代以後になると、あの恐ろしい季節を迎え、六〇年代の半ば、創作活動が恢復した復活期が到来するまで固く口を噤《つぐ》まざるをえなかった。

4

五〇年代の反共文学は私にとって一枚の真っ白な紙だ。私は未だかつて読むことを止めたことはなかったが、生活が困窮して、新聞雑誌の類も買う金がなかった。私は生計を立てるため、辺鄙な地方の小学校を転々とし、虫の息を喘ぎながら毎日を過ごしていた。もちろん、文学の世界から完全に離れてしまったわけではなく、私もアーサー・ケストラーの名作『真昼の暗黒』やアンドレ・ジィドの『ソヴィエト紀行』などの反共作品を読み、当時、紛々と売り出された、あまたの反共小説と照合したことがある。非常に残念だったのは、のちに読んだ姜貴《チアンクィ》の『旋風』や張愛玲《チャンアイリン》の『ヤンコー』のほかは、少しも反共的な雰囲気が感じられないことだった。もっとも姜貴の小説も全くの才子佳人小説の焼き直しで、内容も反共的な筋立てを遠く離れていた。張愛玲の作風は反対に飾り気がなく細やかで官能美に富んでいた。

五〇年代は、私は徹底的な傍観者だった。土地改革で土地を失った没落地主の家庭は、明日まで食糧を持ち越すことのできない困窮家庭となり、文学は私にとって贅沢な夢となってしまっていた。五〇年代のはじめから六〇年代の終わりにかけて、わが文学的生命は終わったに等しかった。私は社会に捨てられ、上帝にも見捨てられ、広々とした砂糖黍畑に囲まれた農舎に住み、アルコール焜炉《こんろ》で飯を炊き、菜を作り、夜は油灯をともし、安酒を呷りながら新聞の付録を読み、長い長い夜を送った。このようにして人に踏まれながら、泥土を這い回るような苦しい日々を過ごしていたのだ。だから、私は文壇で反共文学が終焉し、六〇年代はじめから斬新な文学思潮が芽を出しはじめていたのも知らなかった。六〇年代初期に夏済安《シャチーアン》の『文学雑誌』、尉天驄《ウェイティエンチン》の『書滙《シューフィ》』、さらには白先勇《パイシエンヨン》の『現代文学』が相継いで誕生、また先輩作家の呉濁流先生も『台湾文芸』を創刊した。これらの文壇上の大事件は私にとっては、はるか遠くにある不思議な世界の事柄のようで、台湾文学再出発の日が到来したのだということが全く信じられなかった。あまりの生活の困窮は人に奮った思い上がりを許さないものだ。私が毎日、気を配っていたのは、どのようにしたら子供たちに飲ませる牛乳代を工面できるのか、また、どのようにしたら手の打ちようのない、このどん底の生活を打開できるのかということだった。私は当時、女房のほか二人の子供がいたが、一ヵ月の給料は三百元余、部屋代だけで四〇元がかかり、その余の金をいくら切り詰めても十分に食べることが出来なかった。どうにも手の打ちようのなかった時、私は一個の避難所を探し当てることができた。家人の非難の眼を逃れるために、ただ一冊のアルチュール・ランボーの『酔いどれ船』を持って、積み重ねられた稲藁の陰に隠れ、声を上げて朗読すると、気持がスッカリ晴れるのだった。ランボーの『酔いどれ船』がどうして涙が頬をつたう私の苦しい気持をスッカリ癒してしまうのか、その理屈が今でも私にはハッキリしないが、しばしば試して効果のある良薬であったことは間違いない。

この青草のボウボウと茂った墳墓のような辺鄙な田舎に埋没すること一〇余年、それは私に多少、もう一つの心の世界を啓示してくれた。私は大自然の四季の移り変わり、貧しい農民たちの苦しい歳月、全台湾社会の衰微をつぶさに見た。孤独と常なる瞑想は、いくらか過激だった私の思想を癒し、人生は一条の川の流れのようで、人の得意や悲傷にかかわりなく、とどのつまり彼を死の海に運び込んで行くのだということを私は悟った。人生は夢に似て、忙《せわ》しなく燃える蠟燭が束の間にその生命を終えて、あたりが漆黒の闇になるようなものなのだ。

私は何もかも投げ出し、執着を捨てていたが、生命の意志は強靭だった。私が想像していたのと違って、私の腹の中の文学の虫は、それほど簡単に死ななかった。一〇数年の耐え難い、大に捨てられた、孤独な日々を過ごした後、ようやくにして何かを書きたいという気持が湧き上がって来たのだった。それはちょうど一つの休火山が地殻の変動によって新たな噴火を起こしたような具合だった。

5

民国五四年（一九六五）の秋、私は忽然、往時のさまざまな記憶がよみがえってくるのを覚えた。ちょうどプルーストの『失われし時を求めて』のようで、ある一事を書くと、灰塵《かいじん》で閉じ込められていた昔の出来事がありありと絵のように想い起こされてきたのだ。不幸な動乱の中で死んで行った友人たち、青春期の恋情、世事の有為転変など、それらの印象は鮮明な上に強烈で、夢の中でも私を放さなかった。もし私がこの心の中の譫言《うわごと》を詳しく描き尽くさないなら、私は悶死するかも知れないとさえ感じたのである。ちょうど、その時、絶好の機会が到来した。女房と子供を彼女の故郷の古い町に行かせることになったのだ。私一人、この草地の中の宿に残り、一人で暮すことになり、夜は全く自分一人のものになった。破れ机に、傷物の籐椅子、何本かのボールペンと一重ねの原稿用紙——たたかいの準備は整った。このたたかいは、その初めから止めようとして止められず、現在まで引き摺ってきているが、つまり今、西川満先生に対して死ぬまで書き続けると誓った言葉を実行する時が来たわけだ。

ひとたび書きはじめると、洪水によって堤が切られたように、それより二〇数年、現在も止まっていない。しかし、頭髪は黒から白に変わり、歯は抜け落ち、顔は皺だらけの私が毎夜、背を丸めて書いているのは、到底お上品な場所にのぼることのない雑文や翻訳に過ぎない。もちろん、人類の輝かしい未来のために、トルストイの『戦争と平和』のような台湾の全「天空」を描き出す大河小説を描き出すことが心の願いだ……しかし、実際に描き出しているのは片々たる人生の瑣事《さじ》に過ぎない。天生の資質の鈍さは、どうしようもなく、私には、このような小説を支える勇壮な気魄と雄大な思想に欠けているようだ。ルカーチの本を繙《ひもと》く時、その言葉は常に鋭利な刃のように私の心臓を突き刺す。私は慙愧と羞恥とを感ずる。自分が往昔の巨匠の宇宙的思考と複雑な描写の技巧を明らかに欠いていることを感ずる。

民国五四年（一九六五）、作家生活を回復した私の最初の目標は三百年の台湾の歴史を素材にした膨大な民族の叙事詩を書くことだった。私が企てたのは、台湾人が中国文化の伝統の中で、どのようにして台湾の新天地に、もう一つの中国人の楽園を開拓したかについての描写だった。最初に書いたのは小説で、おおよそ百万字以上あった。しかし、その後、私は破ることのできない金城鉄壁に挑んでいることを悟った。それは言語の障壁で、実際、私には標準語が話される環境で生活した記憶がない。話す時は台湾語を使うことを好み、書く時は日本語を使うのが習慣だった。もちろん、後では日本語を捨て、改めて中国語を使うようになったのだが、新知識を吸収するとなると、日本語と英語の助けによらないでは、やっていけない。小説を書く過程で私が発見したのは、しばしば異民族の侵略を受けて心を傷つけられた台湾人ではなく、新しく普通の中国人に生まれ変わらなければ永遠に典雅で理想的な口語文を綴る方法がなく、ましてや大河小説をものすることは出来ないということだった。そのため、人にあまり誉められもしない幾十の小説を書いた後、私は文学評論に転向して行かざるをえなかった。私にはベリンスキーたらんとする野心はなく、要点をついた、懇切な書評の類を書くことができれば満足なのだ。私の評論を指して、あまりに慎み深く、持ち上げるだけで批評がないという人があるが、そうかも知れない。しかし、それこそ私の目標で、十分な理論体系から自身の評論を構築することではなく、ただ演繹や説明の類の文章を書き、読者が小説の内容を理解できるよう助けることができれば、それでよいとしたのだ。

近年来、私は台湾文学史の編述に力を傾けているが、これもまた自己の力量を超えた仕事だ。想像もして見よ、一人の老いぼれの耄碌頭《もうろくあたま》が薄暗い小さな部屋に閉じこもり、集めた資料を切り貼り、切り貼りした後、ヨロヨロと一歩一歩踏みしめて行く、その歩みの何とタドタドしい姿か。しかしながら、台湾の一知識人と生まれた以上、これは他人に責任を押しつけられない使命だ。上帝が私をこの世界に生を与えたのには、必ず意図するところがあったからだろう。生きとし生ける者のうち、私は一匹の蟻に過ぎないが、蟻は蟻で働き、必ず上帝の意志を実現しなければなるまい。わが労働が書くことにあるからには、死に至るまで書き続けなければならないだろう。

葉石涛の私小説（Ich Roman）

西田　勝

『台湾男子簡阿淘』について

葉石涛さんと最初にお会いしたのは今から一七年前、一九九三年二月一四日のことでした。その一年三ヵ月ほど前、沖縄の那覇市で、かつての日本によるアジア・太平洋侵略と、戦後の米国による日本占領とを合わせて考えるのを目的とした国際文学シンポジウムを開いたことがありました。それは、近代日本の歴史は、日本によるアジア・太平洋に対する侵略や植民地化を抜きにしては、その全体像に迫ることができないという認識から企てられたもので、台湾からは作家の黄春明《ホワンチュンミン》さんが参加しました。その時、黄さんが、「私の話よりも、まず台湾に来て下さい。まず現場に足を踏み入れて下さい」と強く訴えました。もっともと思いましたので、翌年秋、大学から半年間の海外留学を許されたので、東南アジア諸国への訪問を思い立ち、台湾にも足を踏み入れた次第です。

まず台北を訪れ、黄春明さんとも会い、数日間、街を歩いたり、図書館で文献を漁ったりした後、日月潭《リーユエタン》を経て台南に向かいました。台南に到着すると、その足で林瑞明《リンルイミン》さんの紹介で、鳳山《フォンシャン》市の『文学台湾』の事務所で初めて葉石涛《イエシータオ》さんにお会いするのですが、お会いした途端、古い知人に再会したような印象を受けました。

林瑞明さんとは、前年の秋だったか、タイ文学研究家の岩城雄次郎さんの紹介でお会いし、意見を交換したことがありました。そういう縁で林さんの紹介で葉さんにお会いすることになるのですが、葉さんにお会いした翌日、やはり林さんの紹介で、台湾に最初にモダニズム文学を持ち込んだといわれる詩人の楊熾昌《ヤンチーチャン》さんや、やはり詩人の葉笛《イエティ》さんとも話をすることができました。

葉石涛さんにお会いした途端、古い知人に再会したような印象を受けたことについては、葉さんの使う日本語が、現代の日本人がもう使わなくなって久しい、一九三〇年代の中流の日本人が使っていた、いくらか古風な日本語を使っていたことにもよっていたかと思いますが、それよりも葉さんの話す内容でした。

時間が経つにつれて、その印象は一層深まりました。戦時下から戦後へ、冷戦期から経済の高度成長期へ、政治や社会や文学に対する見方に共通するところが多く、遠く海を隔てながら、同時代を生きていたのだという、予想外の感慨を受けたのです。

その日、二冊の本――『台湾文学へ（走向台湾文学）』（一九九〇年三月）と『一台湾老朽作家の五〇年代（一個台湾老朽作家的五〇年代）』（一九九二年六月再版）を頂戴し、ホテルに帰り、まず前者の巻頭に収められた「一台湾老朽作家の告白（一個台湾老朽作家的告白）」を読み、次いで後者の三章までを読んで、そのことを改めて確認することができました。

戦後になってからですが、私自身もブランデスの『一九世紀の文学主潮』を手引きに、バイロンやハイネ、スタンダールやバルザックを読みました。他方、西欧の古典文学だけではなく、サルトルやカミュなどの現代文学、さらにはショーロホフの『静かなドン』やオストロホフスキーの『鋼鉄はいかに鍛えられたか』など、現代ロシア文学の作品にも手を伸ばしました。葉さんもベリンスキーの評論集を読み、そこから深い影響を受け、ベリンスキーを、その文学批評の模範と考えていたようですが、私自身も青春時代、ベリンスキーの評論を愛読し、私自身にとっても、それは文学批評の仰ぐべき一つの模範としてありました。葉さんが、『台湾文学史綱』の執筆を思い立った時、恐らくは、このベリンスキーの評論、特に人々に大きな影響をあたえた「一八四六年のロシア文学観」が念頭にあったのではないかと推測します。

政治的な立場も同様です。日本と台湾、政治的社会的環境も違い、職業も一方は片田舎の小学校の教師、他方は大都市の大学の教師、経歴も異なっていますが、戦後、共産党の活動に近づき、その後、そこから離れ、社会民主主義者となったことも共通しています。

こういうことがあって、この台湾にも、戦後の日本人と同様の政治的・社会的・文学的な時を刻んだ人間が存在していることを日本に知らせる必要があると考え、それから少し経って、「一台湾老朽作家の告白」を日本語に訳しました。

最初にお会いしてから三年ほど経った頃、必要があって、葉さんの略歴を問い合わせたところ、こんな内容の手紙が届きました。自分は一九二五年一一月一日——今、気づいたことですが、今日から五日前が葉さんの八五年目の誕生日だったんですね、葉さんが生きていれば——自分は、この日、台南で生まれ、台南省立台南師範専科学校を卒業した。著作は翻訳をふくめて六〇数冊あるが、主要な著作は三冊で、それは『台湾文学史綱』と、短篇小説集の『赤い靴（紅鞋子）』と『異族の婚礼（異族的婚礼）』である。しかし、三冊とも今、手元にないが、そのうち手に入ったら、送ることにしましょう、と。

そして、それから半年後、まず、これから取り上げようとする短篇小説集の『台湾男子簡阿淘』が送られて来ました。これは『赤い靴』が手に入らず、その身代わりに送ってきたのではないかと思います。続いて『台湾文学史綱』が送られてきましたが、『異族の婚礼』はついに送られて来ませんでした。手に入らなかったものか、それとも忘れてしまったのでしょうか。

それはとにかくとして、葉さん自身が主要な著作の第一着とした『台湾文学史綱』は、もとより現代台湾の激動の歴史を政治的にも文学的にも全身で生きた葉さんでなくては書けない大傑作です。しかし、『台湾男子簡阿淘』も、戦後（光復以後）台湾の白色テロ時代のさまざまな局面を見事に描き出した、すぐれた私小説（Ich Roman）です。

「私小説」の系統を継ぎ、超える

今日は、特に葉さんのこの作品を取り上げて、感想を述べたいと思います。

葉さんは『台湾文学史綱』の日本語版、『台湾文学史』(二〇〇〇年一一月)の序文の中で「私の国家は台湾だが、心のふるさとは日本です」と書いています。この「日本」を「日本文学」と解することが許されるなら、この自伝的物語――簡阿淘物語は、まさに近代日本文学特有の「私小説」の系統を受け継ぐものと位置づけることができます。

菊池寛に「啓吉物語《けいきち》」と題する短篇小説集があります。葉さんが生まれる一年前に出たものですが、「啓吉」という名前を持つ青年を主人公とした、自伝的な短篇小説を、あとになって集めて一冊の本にしたものです。このような小説の作り方――同じ名前を持つ主人公を立てて、自伝的な小説を連作するという行き方は、菊池寛のこの短篇小説集が最初でも唯一でもありません。

菊池寛以前では、長篇小説の連作ですが、島崎藤村に『春』と『新生』という作品があります。この二つの長篇小説の主人公は「岸本捨吉」です。菊池寛以後では、たとえば中野重治に『歌のわかれ』と『むらぎも』という作品があります。主人公の名前は「片口安吉」ですが、ともに長篇小説です。しかし、同じ名前の主人公で短篇小説を書き、それを後になって集めて一冊の本にしたというのは、恐らく菊池寛のこの『啓吉物語』が嚆矢だと思います。

同じ名前の人物を主人公とする小説群のことを、日本文学では一般に何々(主人公の名前)物といいます。啓吉物とか、安吉物とか。『台湾男子簡阿淘』に収められた、簡阿淘を主人公にした作品群は、日本風にいえば、さしずめ阿淘物ということになるでしょう。興味深いことに、葉さんには、この阿淘物のほかに、「辜安順《グーアンシュン》」という名前を主人公として、日本統治時代を素材にした自伝的な短篇小説群があります。安順物《アンシュンもの》ですね。

葉石涛さんは菊地の『啓吉物語』を読んだことがあったのでしょうか。読書家の葉さんのことだから、その可能性は高いでしょう。かりに読んでいなくても、日本文学を「心のふるさと」としていた葉さんのことですから、恐らく現代日本文学特有のこの小説作法を知っていたと思います。そして、それに学んで、この簡阿淘物語を産み出したのではないかと思います。

私小説も小説である以上、客観性が要求されます。つまり、主人公を一定程度、客観的に描き出すこと、言葉を換えていえば、或る程度のおかしみを以て、喜劇的な方法を以て描き出すことが求められます。そこから私小説独特の工夫が生じます。その一つは、主人公の名付け方で、できるだけ平凡で、へりくだったものにする。主人公の名前があまりに堂々として立派過ぎると、読者は鼻白んでしまいます。

主人公あるいは他の登場人物の立場に立ち、彼らに情を通わせ、思想をともにすることなしには、作者は一行も作品を書き進めることはできません。それと同様、読者もまた主人公をはじめ他の登場人物の立場に立ち、彼らに情を通わせ、思想をともにしないでは一行も作品を読み進めることができません。文学や美術が想像力の産物、具体的には「同情」の産物といわれる理由です。そういう意味では、この問題は厳密には、私小説に限ったことではありませんが、特に私小説の場合は、作者その人が主人公となるので、そういう工夫がとりわけ重要となってきます。

「啓吉」という名前は日本語では庶民的です。「捨吉」は捨て子と同義だし、「片口安吉」も不完全で安直というイメージで、親しみやすさがあります。では、わが簡阿淘はどうか、ということになりますが、この名前が台湾の読者に、どういうイメージで受け取られているのか、知りませんが、日本人の私には、「単純なうつけ者」あるいは「いたずら小僧」といったイメージがつきまといます。葉さんは、長い間、日本文学に親しんだ結果、この点についても私小説制作のコツを摑んでいたのではないかと思います。

しかし、わが『台湾男子簡阿淘』の大きな特色は、日本の私小説の系統に属しながら、その取材が「私」の日常生活の範囲以外に出ない日本の伝統的な私小説（Ich Novelle）を超えて、「私」の日常生活以外に及び、本格的な私小説（Ich Roman）の風貌を呈しているということです。つまり、小学校、ここでは「国民学校」の教員としての日常生活が活写されているだけではなく、思わぬことから政治犯にさせられることによって、簡阿淘の政治的・社会的な生活が問い直され、戦後台湾の白色テロ時代のさまざまな局面が見事に描き出され、その全貌に迫った作品になっているということです。

この点について、もう少し立ち入ってみますと、簡阿淘物語は、やや長い「赤い靴（紅鞋子）」という作品を中心に、この作品をふくめて全部で九つの短篇で出来上がっています。その最初に置かれている「夜襲」という作品は、二二八事件に激昂した台南の一青年グループが、武器を手に入れるために国民党軍の駐屯地を襲うが失敗し、付近の郷長が連座させられて、衆人環視のなかで銃殺刑に処せられるという話を描いたもので、わが簡阿淘も、この青年グループの行動に参加しています。

生前、葉さんに、「この阿淘は、あなたのことですか」と聞いたところ、直ちに「そうです」という答えが返ってきました。特に郷長が銃殺される場面が衝撃的で、私自身、二二八事件の一局面を見事に描き出した短篇として、葉さんの生前に日本語に訳したことがあります。

第二番目に収められているのは、「ピアノと犬の肉（鋼琴和香肉）」という作品で、阿淘の勤めていた「国民学校」の唯一のピアノが、ただ師団長の娘の私用に供する目的のために、同校を占拠した国民党軍によって奪い去られるとともに、国民党軍に飼われ、阿淘にもなついていた一頭の犬が肉のついたところで肉鍋の材料となったという話を扱っています。つまり、戒厳令下の国民党軍の横暴ぶりと、従来の台湾の人々、いわゆる「本省人」との習慣の相違を浮かび上がらせたものです。第三番目に収められているのが、つまり、そのやや長い「赤い靴」で、この簡阿淘物語のクライマックスを形成しています。

皆さんも御存知のように、この小説は、台南の「国民学校」に勤めていた、わが簡阿淘が、一九五一年秋、映画「赤い靴」を観、深い感動を味わって帰宅した夜、特務によって共産党の活動に参加した嫌疑で逮捕され、一年間ほど土地の警察署の監房に留置され、その後、台北の秘密監獄に送られ、一九五三年春、ようやく公判にかけられ、共産党の活動に参加したという嫌疑は晴れたものの、共産党の幹部と知りながら、それを当局に「密告」あるいは「告発」しなかった「罪」に問われ、禁錮五年の刑を言い渡されるという事件を描いたもので、さきほどの二つの作品は、いわば、この小説の序曲の役割を果たしています。

そして、第四番目以降の作品は、その後日譚ともいうべきもので、「壁（牆）」・「鉄窓の中の慕情（鉄檻裡的慕情）」・「鹿窟《ルークー》哀歌」の三作品は獄中での見聞を描き出したもの、「豚の皮を食べる日々（吃猪皮的日々）」・「邂逅」・「訊問（約談）」は出獄後の生活や出来事を題材にしたものです。

白色時代のさまざまな局面を見事に描き出す

わが簡阿淘物語は、一つの裁判小説とも見ることができます。裁判を扱った小説というと、何といってもトルストイの『復活』が思い浮かびます。『戦争と平和』に深く動かされ、このロマンを小説の大理想と考えていた葉さんのことですから、『復活』も何度か読み耽ったことと思われますが、これは古典中の古典なので除外することにして、現代日本文学では、武田泰淳に『ひかりごけ』という作品があります。これは入り口は私小説ですが、小説内に客観的な裁判劇が仕組まれ、いわゆる私小説を超えています。その点、わが『台湾男子簡阿淘』と共通するところがあります。

では、その裁判劇の内容はどういうものか、といいますと、難破船の船長が漂着した洞窟で衰弱死したり、自分の手で殺した船員たちの肉を次々に食べ、そのことによって生き残って救助されたという事件を裁くというものです。「人肉」を食べた人間には、首の後ろに、「ひかりごけ」が発するような薄緑色の光の輪が現れるが、「人肉」を食べた人には、それが見えないという設定で、この「人肉」を実際に食べた船長だけではなく、この船長の犯罪を非国民として糾弾する検事や裁判官、また傍聴人の首の後ろにも薄緑色の光の輪が現れ、しかし、彼らには彼らの首の後ろに出た光の輪が相互に見えない、という展開になっています。これは、「人間は誰でも殺人犯の片割れかも知れない」という作者の思想からきているもので、武田のこの小説は、前衛的な手法とあいまって、人間は一体、同じ人間を裁くことができるのかと裁判の存在理由を鮮烈に問い返して、戦後日本文学を代表する傑作の一つになっています。

現代世界文学では、カミュの『異邦人』が思い浮かびます。この長篇小説の舞台は、かつてフランスの植民地であったアルジェリアで、その点、台湾もかつての日本の植民地、わが箇阿淘物語と共通するところがあります。そして、この小説の主人公も平凡なサラリーマンで、箇阿淘に似通っているところがあります。

この小説の主人公のムルソーは、たしかに一見、平凡なサラリーマンですが、近づいて見ますと、頑固なまでに反俗・反習慣的なところがあります。一般の常識にとらわれず、母の死に際しても涙を流さず、葬儀の翌日、女友達と海に泳ぎにゆき、その夜、ベッドをともにしています。「愛する」という言葉を発音するのも、「結婚」も意味がないといい、またパリは「汚いところ」で、出世は好みではないと嘯《うそぶ》く人間です。どう考えても、いわゆる反社会的人間だといっていいでしょう。そういう人間として、「太陽がまぶしかったから」という理由で殺人も犯し、裁判にかけられることになります。この小説では、裁判と牢獄の部分が大きな比重を占め、この一見、平凡なサラリーマンでありながら、反俗・反習慣的な思考を持つ人物を、殺人犯に仕立てて法廷に送り込み、牢獄に入れることによって、裁判というものが本質的に通俗性と、それに基づく形式性の上に、つまり人間の生きた真実の上ではなく、一つながりの虚構の上に成り立っていることを鮮烈に明らかにしたのが、この小説です。このことによって、『異邦人』は、現代世界文学の傑作の一つとなりました。

わが『台湾男子簡阿淘』は裁判小説として見る時、もちろん、武田泰淳の『ひかりごけ』のように、「裁判」の存在理由——人間は人間を裁けるかという問題を問いかけた作品ではありません。またカミュの『異邦人』のように、裁判や国家というものが通俗性に基づいた一つながりの虚構性の上に成り立っていること——このことはすでに二五〇〇年も前にプラトンがソクラテスの言葉として『国家』のなかでつぶさに明らかにしたことですが——を鮮烈に問い返した小説でもありません。しかし、わが『台湾男子簡阿淘』は白色テロリズム下の裁判の姿、その力学を全面的に白日の下にさらした作品として世界に誇っていいものと私は思います。

葉さんは、二〇〇〇年一月に出た短篇小説集『赤い靴（紅鞋子）』再版の序文の中で、「私のこの小説は白色テロ時代を背景としているとはいえ、私の描く人物はすべて平々凡々たる人間たちで、スッカリ白色テロ時代の体制に呑み込まれ、一点の英雄的気概もなく、本当に恥ずかしい！（我這本小説集雖以白色恐怖時代為背景、但我描画的人物都是庸庸碌碌的凡人。糊里糊塗地被白色恐怖的時代機制所呑滅而並沒有一点英雄気概。真是慚愧！）と書いていますが、結果としていえば、むしろ「英雄的な気概」のない凡人を主人公に仕立てることによって、この五〇年代の白色テロ時代の裁判の実態や市民生活の姿を鮮やかに浮かび上がせることに成功したといえるのではないでしょうか。

私は現在、八一歳ですが、実をいうと、あと四日すると、八二歳の誕生日を迎えます。日本人の平均寿命は七九歳と言われています。そういう意味では、危険水域に足を踏み入れた、いや乗り入れたわけで、「一〇〇歳現役」をめざしていますが、あと何年生きられるか、分かりません。しかし、おさらばするまでには、葉さんのこの傑作の全訳を試みたいと思っています。

私のまとまりのない話を、これで終わりと致します。御清聴を感謝します。


（以上は二〇一〇年一一月六・七日、台湾は高雄市で開かれた「二〇一〇高雄文学発声国際研討会」での講演のために用意した草稿に後日、手を入れたもの）

訳注

（1）清朝時代の行政単位で、台北・台中・台南の三地区に行政府が置かれた。
（2）赤い小豆《あずき》を、亀の形をした包んであるところから、この名前がある。
（3）後漢書馬授伝に出る。馬の皮で死体を包む。名誉の戦死の譬え。
（4）オオイタビの果汁で作ったゼリーを凍らせたもの。
（5）仙草の煮汁をゼリー状にして凍らせた「仙草凍《シェンツァオトン》」を指すか。
（6）「明知為匪諜而不告密、検挙或縦容之者、処一年以上、七年以下有期徒刑（匪諜タルコトヲ明知シ、而シテ密告セズ、検挙或ハ縦容〈放任〉ノ者ハ一年以上、七年以下ノ有期徒刑ニ処ス）」。一般に「知情不報（情ヲ知リテ報ゼズ）」の条項とされる。
（7）男性の中国式礼装。孫文（中山）が制定したことから、この名称がある。
（8）張志忠（一九一〇〜一九五四）の本名。嘉義新港の人で、台湾共産党の副書記で武装部長。二二八事件の時、「台湾自治聯軍」の組織に関わり、国民政府に反抗、破れて地下に入ったが、一九五〇年、夫人とともに逮捕され、度重なる蔣経国の投降勧誘を拒否、一九五四年、銃殺される。
（9）「李友邦」の誤記か。李友邦（一九〇六〜一九五二）は一九二四年、「台湾民衆党」の一員として革命運動に参加、逮捕の危険を逃れるため、大陸に亡命、孫文の革命思想の洗礼を受け、黄埔《ホワンプー》軍官学校に入った。のち「台湾義勇隊」を組織、抗日戦争に参加した。台湾光復後、「三民主義青年団台湾省支部団」幹事長となるが、一九五二年、国民政府に共産党との関係を疑われ、反逆罪によって処刑された。享年四六歳だった。
(10) 台湾人で、のちに大陸（唐山）に生活を送った人間を指す。
(11) 「人民居住所有無匪諜潜伏、該管保、甲長或里、鄰長応随時厳密清査。各機関、部隊、学校、工廠或其他団体所有人員、応取具二人以上之連保切結、如有発現匪諜潜伏、連保人与該管直属主管人員応受処分。其処分弁法另定之（人民ノ居住スルアラユル所、匪諜ノ潜伏ナキコト、管保スベク、甲長或ハ里、鄰長ハ随時、厳密ニ清査スベシ。各機関、部隊、学校、工廠或ハ其ノ他ノ団体ノアラユル人員ハ二人以上ノ連保切結〈連帯保証書〉ヲ取リ具《ソナ》フベク、如《モ》シ匪諜ノ潜伏ガ発現〈発見〉サルルコト有ラバ、連保人ト該管直属ノ主管人ハ処分ヲ受クベシ。其ノ処分ノ弁法ハ別ニ之ヲ定ム）」
(12) 呂赫若（一九一四〜一九五一）の本名。日本統治時代の末期から光復後にかけて活動した作家で、「赫若」は尊敬する先輩作家郭沫若と張赫宙から、それぞれ一字を取って合成したもの。台湾共産党に加わり、国民政府に追われて鹿窟に隠れ、蛇に咬まれた死亡した。「牛車」・「冬の夜」・「玉蘭花」などの作品がある。
(13) 連横（一八七六〜一九三六）の雅号。ジャーナリストで詩人。台南出身で、台湾と大陸を往来して活動した。『台湾通史』・『大陸詩草』などの著書がある。
(14) 台湾で栽培された日本種の稲を発酵させて作った米酒と糖蜜酒を混ぜたもの。
(15) 台湾の学制で、クラスの名称の一つ。「孝」のほかに、忠、仁、愛、信、義、和、平、智、勇、などがある。
(16) ジョージ・オーウェルの小説『一九八四年』に登場する独裁者。
(17) 閻《えん》魔《ま》大王に仕える二人の武将。死者の魂を「あの世」に送るのを役目とする。

(18) 金粉や金箔を押したり、金泥などを塗った紙。中国や台湾の民間信仰で、祖先を弔うために焼く。
(19) 高雄市の西南部に位置する塩田地帯を指す。
(20) 「四つ足」の意。当時、台湾人は、不心得《ふこころえ》の日本人を、こう呼んだ。
(21) 台湾の代表的な料理。甘醤油で煮込んだ豚肉の、かけご飯。
(22) 台湾の革命家(一九〇一～一九七〇)。日本統治時代、「台湾共産党」の設立に加わり、拘束された。光復後は二二八事件の際、国民党政府に対して武装蜂起し、「人民政府」の樹立をめざすが失敗、香港に亡命、その後、「台湾民主自治同盟」を結成する。中国共産党員として北京で没した。
(23) 三本足の意。日本統治者の「四つ足」に仕えていたことから、この名称が生まれた。
(24) 「早起きは三文《さんもん》の徳」の意。
(25) 「三山国王」は中国広東省粤東《ユエトン》地区に発する民間信仰で、同省掲陽《チエヤン》市の北面にある三山――巾山、明山、独山の山神が祭神。
(26) 日本の〇・一二度に相当する。

訳者あとがき

本書は台湾の光復後、二二八事件に端を発する白色テロ時代のさまざまな局面を描き出して、その全貌を浮かび上がらせた葉石涛の小説集『台湾男子簡阿淘』（一九九六年九月・台北・草根出版・四六判・本文一七五頁・定価一七〇元）の全訳に、同書の解説として二つの文章——作者自身による半生の回想録「一個台湾老朽作家的告白（一台湾老朽作家の告白）」と、訳者による同小説集への感想「葉石涛の私小説（Ich Roman）」を加えたものである。
本書に収められた短篇小説や回想録や感想の初出を掲げれば、以下の通り。題名の丸カッコ内は原題を示す。

「夜襲」『新文化』第八期・一九八五年九月。訳文の初出は『植民地文化研究』創刊号・二〇〇二年六月
「ピアノと犬の肉（鋼琴和香肉）」『自由時報』一九八九年四月二一・二二日付
「赤い靴（紅鞋子）」『自立晩報』一九八八年一二月六日〜一九日付
「壁（牆）」『台湾時報』同年一月一四日付

「鉄の檻の中の慕情（鉄檻裡的慕情）」『自立早報』同年三月一三日付
「鹿窟哀歌」『台湾時報』同年三月二〇・二一日付
「豚の皮を食べる日々（吃猪皮的日子）」『台湾時報』同年五月二二日付
「邂逅」『自立時報』一九八九年七月二日付
「訊問（約談）」『台湾時報』同年一月一四日付
「船跡なし（船過水無痕）」『台湾時報』同年一月一四日付
「密告者（線民）」『台湾時報』同年一月一四日付
「一台湾老朽作家の告白（一台湾老朽作家的告白）」『新文化』第八期・一九八五年九月。訳文の初出は『社会文学』第一三号・一九九九年六月
「葉石涛の私小説（Ich Roman）」『植民地文化研究』第一〇号・二〇一一年七月

ここで作者の生涯と、その文学活動を一筆書きに紹介すると、一九二五年一一月一日に台南市の小地主の家に生まれた。末広公学校（小学校）を卒業、台南州立第二中学校に進んだ。早熟で公学校高学年から近代日本文学に親しみ、まず泉鏡花・尾崎紅葉・国木田独歩・二葉亭四迷などに親しみ、なかでは樋口一葉の『たけくらべ』に陶酔したという。中学校の高学年になるまでには新感覚派やプロレタリア文学に至るまで近代日本文学の代表作のほとんどを読み、また哲学や考古学にも関心を抱いた。同時に日本文学だけではなく、フランス文学やロシア文学にも親しみ、「夜を日に継いで」「植民

地台湾で手に入る限りの内外の小説」（「一台湾老朽作家の告白」）を読み耽った。そのような日々の中で自分自身も小説を書きたくなって中央の雑誌に投稿を試み、文壇にデビューする経緯、やがて敗戦を迎え、作家活動を再開するが、五〇年代の白色テロ時代、沈黙を余儀なくされ、一九六五年秋になって再び筆を執り始めるようなった経過については「一台湾老朽作家の告白」に、当時の心的状況を含めて詳細に語られているので、繰り返さない。
その作家及び評論家としての活動を概観すると、次の五期に分けることができるのではないかと思われる。

第一期　戦争下（一九四三〜一九四五）
第二期　光復後（一九四五〜一九五〇）
第三期　白色テロ時代（一九五〇〜一九六五）
第四期　郷土文学から台湾文学へ（一九六五〜一九八七）
第五期　戒厳令解除後（一九八七〜二〇〇八）

第一期は葉石涛が『林からの手紙』（一九四三年三月）・『春怨』（同年七月）などの作品で浪漫的・耽美的作家として登場した時代で、使用されているのは日本語。彼は敗戦を日本帝国陸軍二等兵として台北の新店で迎えるが、この時期、作品は主として現実に背を向けた浪漫的・耽美的なものだったが、一作ながら『台湾文芸』四四年一一月号に『米機敗走』という「皇民文学」的な作品を寄せている。

第二期は半世紀に及んだ日本による植民地支配の時代が終わり、大陸の国共内戦が台湾にも押し寄せてきた混乱の時代で、彼は文学的主張としては批判的リアリズムに傾いていたが、その作品の傾向は光復以前とそれほど変わっていない。評論を書き始めたのも、この時期の特長だ。日本語による表現が許される場所が日を追って少なくなり、北京語と格闘する日々が続く。

第三期は台湾全土に戒厳令が布かれ、国民党による「共産分子」に対する白色テロが荒れ狂った時代で、葉石涛も台湾共産党との関係を疑われ、一九五一年九月二〇日、保密局によって逮捕された。のち台北の秘密監獄（高砂鉄工廠）に収容され、一九五三年七月、「戡乱時期検粛匪諜条例」第九条（「知情不報〈情ヲ知リテ報ゼズ〉」）に該当するとして有期徒刑五年の判決を受ける。途中、恩赦があり、三年に短縮、一九五四年九月、出獄することができた。しかし、もといた台南の小学校には戻れず、ボイラーマンなどの職種を転々とした末、僻地の分校の代用教員となり、次いで正規の教員となった。その後、一九六五年九月、台南師範専門学校（現・台南教育大学）特師科に進学した。この間、結婚し、高雄市左営区に居を定めた。この時代は葉石涛にとって、まさに苦難の時期、台湾文学にとっても「空白」の季節だった。しかし、だからこそ、この時代の体験は本小説集のパン種《だね》ともなった。

第四期は、作家として第一期・第二期の延長線上に小説集『葫芦巷春夢《フールーシャンチュンマン》』（一九六八年六月）をはじめ、いくつかの作品集を出しているが、他方では評論家として「台湾の郷土文学」を論じ、七〇年代の郷土文学論争の主要な論客の一人となり、郷土文学の淵源を尋ねるため、鍾肇政《チョンツァオチャン》と『光復前台湾文学全集』全八巻（一九七九年三月以降）を編み、また一九八七年二月には台湾文学の最初の通史である『台湾文学史綱』をまとめている。

第五期は戒厳令解除後の自由の中で、作家としては一方では「辜安順《グーアンシュン》」を主人公として四〇年代前半の日本統治時代を描き出し、他方では本小説集に見るように、「簡阿淘」を主人公として白色テロ時代の全貌に迫った一連の小説を発表している。それらは、もはや以前の浪漫的・耽美的な作風のものでもなく、社会民主主義的な理想を内包する、批判的リアリズムに立ったもので、さらに「台湾は台湾人の台湾だ」という主張から先住民をふくめての多民族の合唱による台湾文学の豊饒な展開を呼びかけている。そこから先住民の生活にも取材した作品を収めた短篇小説集『異族《イーツー》的《ダ》婚礼《フンリー》』（一九九四年九月）も世に問うた。この間、一九九一年二月、高雄県甲囲《チャーウェイ》国民学校を定年退職、通算四九年余に及ぶ教員生活に別れを告げた。晩年、好色小説に手を染め、集めて『胡蝶《フーディエ》巷《シャン》春夢《チュンマン》』（二〇〇六年八月）を出した。一九六九年五月の「中華文芸協会文芸論評奨」の受賞以来、「高雄県文学貢献奨」・「国家文芸奨」など多くの賞を得ている。

二〇〇八年一一月一一日、死去、享年八三歳だった。それ以前、『葉石涛全集』全二〇巻（彭瑞金主編、高雄政府文化局・国家台湾文学館籌備処刊、二〇〇六年一二月〜）の刊行が始まり、二〇〇八年三月に完結をみた。なお、没後、二〇一二年八月、台南市に「葉石涛文学記念館」が建設された。

本書は、本書二二八頁にあるように「私は現在、八一歳ですが、実をいうと、あと四日すると、八二歳の誕生日を迎えます。日本人の平均寿命は七九歳と言われています。そういう意味では、危険水域に足を踏み入れた、いや乗り入れたわけで、《一〇〇歳現役》をめざしていますが、あと何年生きられるか、分かりません。しかし、おさらばするまでには、葉さんのこの傑作の全訳を試みたいと思っています」とした公約を、どうやら九年目に果たすことができたもので、衷心からホッとしている。
この本の刊行については畏友の黄英哲さんのお世話になった。翻訳についても黄さんや三木直大さんの援助を受けた。制作に当たっては出版局の郷間雅俊さんや高橋浩貴さんに面倒をお掛けした。装丁については今回も秋田公士君を煩わせた。校正については谷本澄子さんの協力を得た。ここに記して感謝の意を表したい。

西田　勝

ディズニーランドのある街で

二〇一九年師走

原題：台湾男子簡阿淘
著者：葉石涛

本書係由台灣國家人權博物館、台南市文化局、台灣國立政治大學、日本法政大學出版局合作出版。
本書は台湾国家人権博物館、台南市文化局、台湾国立政治大学、法政大学出版局による共同出版である。

台湾男子簡阿淘

2020年1月10日　初版第1刷発行
著　者　葉　石涛
訳　者　西田　勝
発行所　一般財団法人　法政大学出版局
〒102-0071 東京都千代田区富士見2-17-1
電話03（5214）5540　振替00160-6-95814
組版：HUP　印刷：日経印刷　製本：積信堂

Printed in Japan
ISBN 978-4-588-49037-8

訳者紹介

西田　勝（にしだ　まさる）
1928年、静岡県に生まれる。1953年、東京大学文学部卒業、法政大学文学部教授を経て、現在〈西田勝・平和研究室〉主宰、植民地文化学会理事。主要著書に『グローカル的思考』『近代日本の戦争と文学』『近代文学の発掘』（以上、法政大学出版局)、『社会としての自分』（オリジン出版センター)、『近代文学閑談』（三一書房)、『私の反核日記』（日本図書センター)、編訳書に『田岡嶺雲全集』全7巻、呂元明『中国語で残された日本文学』、鄭清文『丘蟻一族』（以上、法政大学出版局)、ゴードン・C・ベネット『アメリカ非核自治体物語』（筑摩書房)、『世界の平和博物館』（日本図書センター)、『《満洲国》文化細目』（共編、不二出版)、『中国農民が証す《満洲開拓》の実相』（共編、小学館）などがある。

※著者紹介は巻頭に掲載。